시온
긴카

페르노트

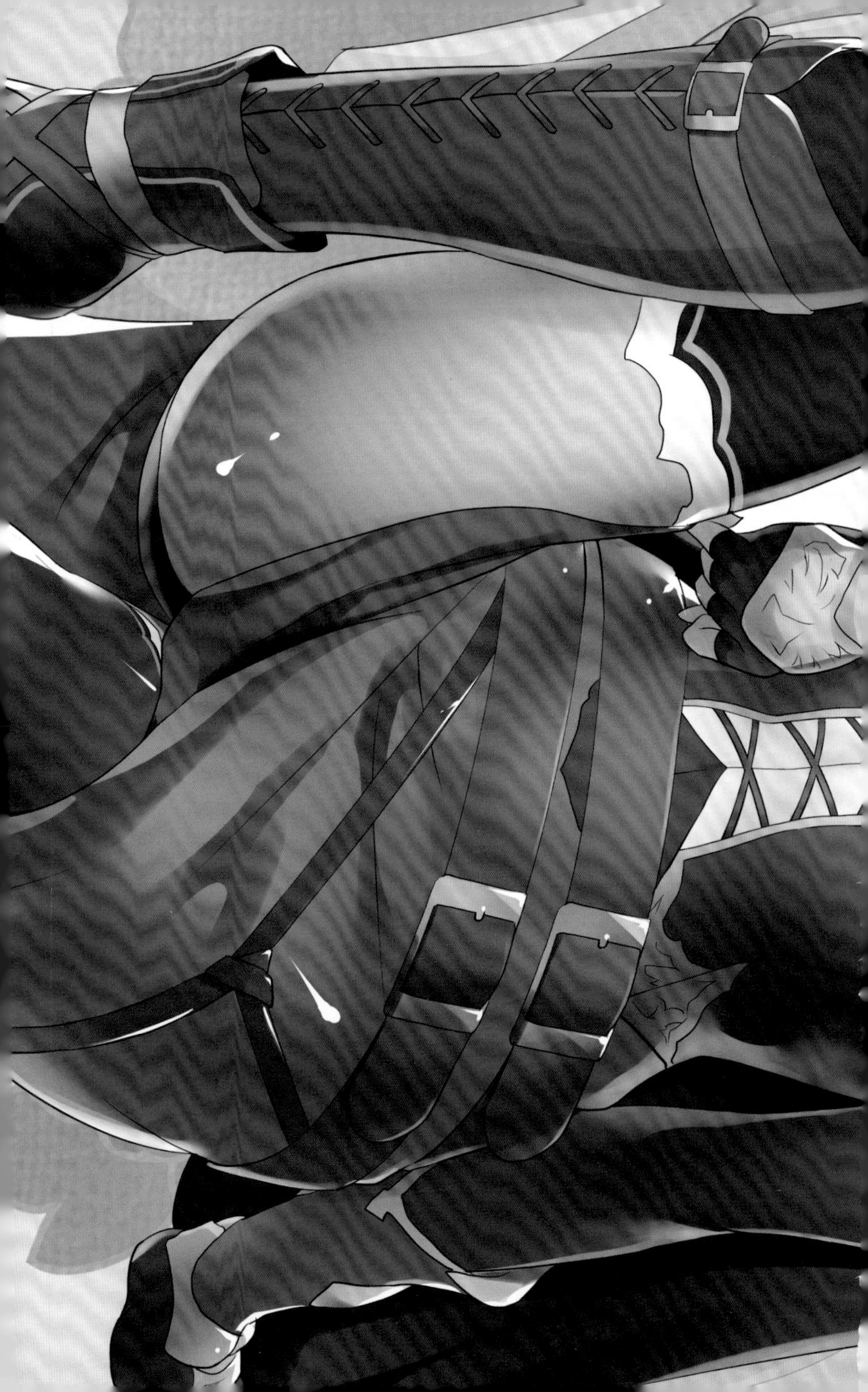

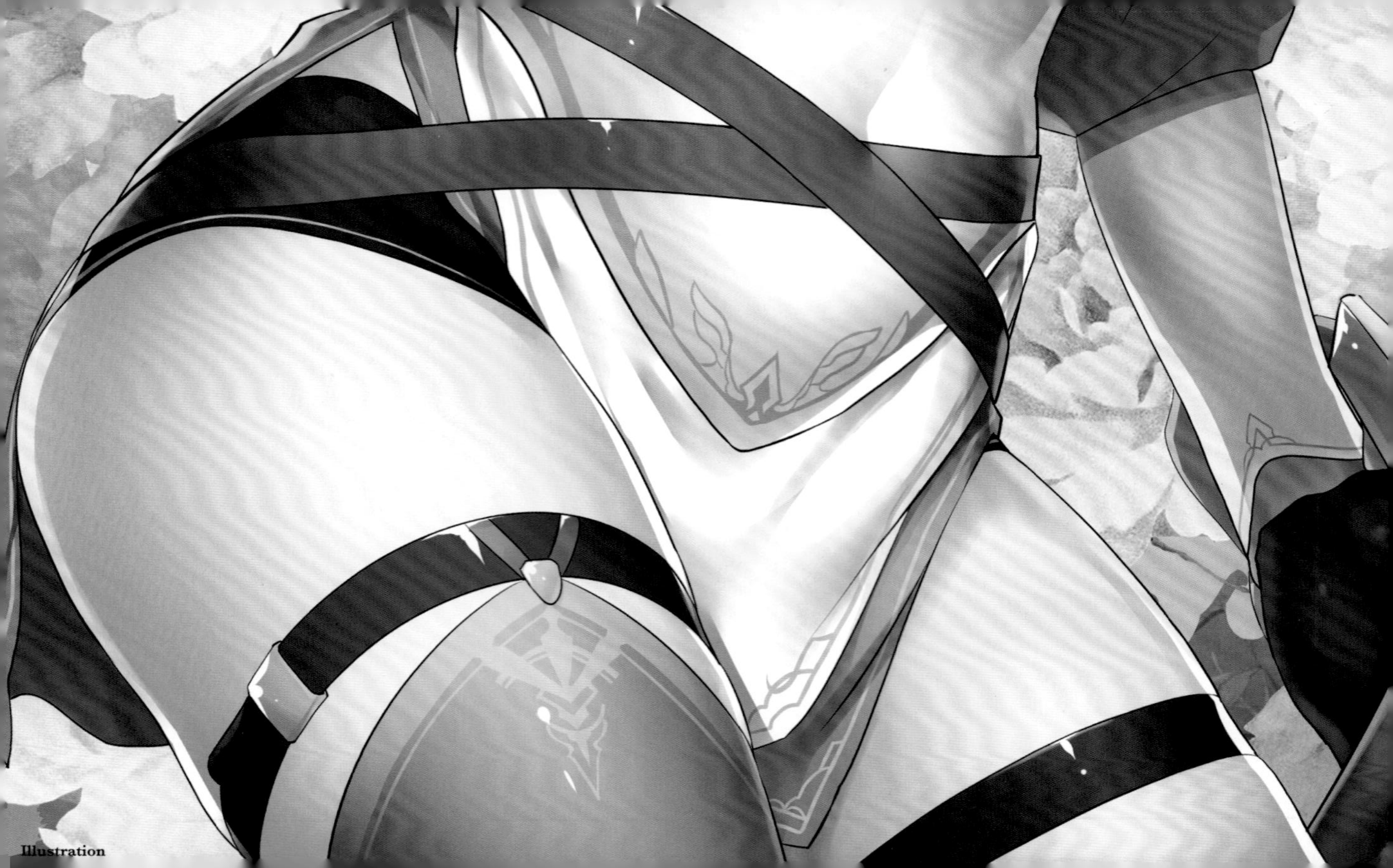
Illustration

전생 흡혈귀 씨는 낮잠을 자고 싶어

A transmigration vampire would like to take a nap.

지난 권까지의 줄거리

젊은 나이에 목숨을 잃은 명문가의 소년 쿠온 긴지.

그는 이세계에서 절세의 미소녀,
게다가 데이 워커 뱀파이어인 아르제로 전생한다.

검과 마법이 난무하고 몬스터도 있는 이세계.
그곳에서 최대급의 힘을 얻은 아르제가 바란 것은……
'삼시세끼 낮잠 간식 포함으로 누군가가 보살펴주는 생활'?!

느긋하게 낮잠을 잘 수 있는 이상향을 목표로 하면서도
아르제는 차례차례 곤란해 하는 사람들을 돕는다.
맹인 미녀 페르노트 씨의 시력을 회복시켜주고,
항구 마을 알레샤를 괴물의 손길에서 구하고.
여우 소녀 쿠즈하와 만나고, 그녀를 원수의 함정에서 구해내고.
살아있는 재앙, 흡혈 공주 엘시와도 대결한다!

그리고 아르제는 마찬가지로 전생하여 알라우네의 여왕이 된 아오바와 재회한다.
아오바와 아르제는 왕국의 국왕 스바루와 교섭하여 공화국 수도
사쿠라노미야를 방문했는데, 그곳을 의지를 빼앗긴 흡혈귀들,
엘시, 최강의 '검정 백작'이 쿠온의 문장과 함께 습격한다!

달려온 동료와 함께 적을 격퇴하는 아르제 일행.
하지만 새로운 쿠온의 전생자는 전 세계로 침략을 시작하려 하고 있었다?!

아르젠토 ⚜

전생한 흡혈귀 미소녀.
반쯤 자면서 오늘도 뒹굴뒹굴.

페르노트 ⚜

전직 기사. 시력을 잃은 상태
였지만 아르제에게 구원받는다.

쿠즈하 ⚜

여우 수인 소녀. 어린
나이에 어머니를 잃었다.

아오바 ⚜

알라우네의 여왕.
쿠온가의 전생자.

리셸 ⚜

다크 엘프 당주.
강력한 활 사용자.

목차

A transmigration vampire would like to take a nap.

197　눈뜨는 것은 그리운 목소리로

막 깨어난 의식이라는 것은 둥실둥실해서 기분 좋다.

졸음의 시간은 내게 안심이 되는 시간 중 하나였다.

"응—…… 뉴후후, 조금만 더—."

"——이제 그만, 일어나!!"

"흐냥?!"

노성과 함께 이불에서 주르륵 끌려나왔다.

갑작스러운 일에 놀라서 일어나봤더니 시트를 붙잡고서 미간을 추어올린 사람은 기억에 있는 상대였다.

"페르노트 씨……?"

"응, 그래. 정말이지, 여전히 게으르다니까……."

어이없다는 눈빛으로 나를 보는 것은 예전 동거인인 페르노트 씨.

있으리라 생각도 못 한 상대의 등장에 놀라면서도 나는 할 말을 찾았다.

"으음…… 아, 혹시 무츠키 씨가?"

"그래. 준비가 되었다고 그래서 서둘러 이쪽으로 왔어. ……걱정했으니까 말이지?"

마대륙에서 나는 아무 말도 남기지 못하고서 모두와 헤어지고 말았다. 그러지 않으면 모두가 위험하다고 생각했으니까.

결과적으로 살아남은 나는 전생 전의 지인인 아오바 씨와 함께 새로운 여행을 하게 되고, 그 과정에서 재회한 마대륙의 영주 무츠키 씨가 모두를 데리고 와주겠다는 약속을 했다.

페르노트 씨가 지금 이렇게 눈앞에 있다는 건 무츠키 씨가 데려다주었다는 거겠지.

하고 싶은 이야기는 얼마든지 있지만, 우선 하나 해야만 하는 말이 있다. 고개를 내저어 남은 잠기운을 떨쳐내고 나는 그녀와 마주했다.

"……미안해요, 페르노트 씨. 아무 말도 없이 사라져 버려서."

"……그때가 긴급 상황이었다는 건 알아. 하지만 조금 더 설명해 줘도 괜찮았을 거라고 생각해."

내 사죄에 페르노트 씨는 불만을 감추지 않고 그리 말했다.

실제로 이렇게 살아있는 것은 우연 같은 일이었다. 그 순간이 영원한 이별이 될 가능성도 있었다. 그녀가 화내는 것도 당연한 일이겠지.

"……걱정만 끼치고, 정말……. 바보라니까."

혼을 내는 것도, 끌어안는 것도 받아들여야만 한다고 생각했다. 그럴 만큼 나는 그녀들을 내팽개치고 말았다.

끌어안는 손길에 거스르지 않고 몸을 맡기자 페르노트 씨의 몸이 떨리는 것을 알 수 있었다. 눈물의 온기는 느껴지지 않지만 걱정시키고 말았다는 사실은 이해할 수 있었다.

"다음에는 제대로, 설명해 줘."

"……예. 알겠어요."

"응. 그럼 이제 이 이야기는 끝내기로 할게. 쿠즈하한테도 잔뜩 들었을 테니까."

"화를 낸다기보다는 엄청 울었는데요……."

"당연할 테지만, 친구는 소중히 해."

딱콩, 내 이마를 때렸지만 페르노트 씨는 이미 미소 짓고 있었다.

두 가지 색깔의 눈이 살짝 촉촉해진 채로 그녀는 내 손을 잡았다. 전해지는 체온은 흡혈귀인 나보다도 훨씬 따듯했다.

"그럼 갈까. 이제까지의 이야기도 듣고 싶으니까."

"알겠어요."

조금 더 자고 싶다는 기분은, 역시나 넣어두기로 했다.

흡혈귀 미소녀, 아르젠토 밤피르로 전생하고 이미 몇 개월.

아주 조금, 복잡한 이야기가 되었다.

198 재회 후 회의

한바탕 내 이야기를 듣고 페르노트 씨는 묘한 표정으로 고개를 끄덕였다.

제국의 습격이 벌어지고 며칠. 당초 약속대로 무츠키 씨는 모두를 데려와 준 모양이다.

내 여행의 동료랑 공화국 정치가인 아키사메 씨와 그의 종자인 하보탄 씨를 포함한 대인원으로, 우리는 논의를 하고 있었다.

행상인 제노 군이 험악한 표정으로 말을 꺼냈다.

"그 선전포고는 마대륙에도 전달되었어요."

제국에 있는 전생자인 쿠로가네 씨가 벌인, 사실상의 세계 전체를 향한 선전포고.

같은 쿠온 가문의 전생자인 내게는 더없이 귀찮은 이야기였다.

느긋하게 낮잠을 자고 빈둥빈둥 사는 것은 조금 더 미루어야만 하나 보다.

"상업 길드나 시릴 대금고를 공격한다는 건 경제마저도 중시하지 않겠다는 이야기니까, 실질적으로 이건 무차별적으로 살육을 벌이겠다고 하는 거나 마찬가지예요."

"순종하면 목숨은 빼앗지 않겠다고 그러니까 새로운 화폐랑 경제 체제를 만들 생각이 아닐까."

"그렇다면 행상인인 저로서는 굉장히 귀찮아지는데요……."

"아, 그에 대해서 잠깐 괜찮을까."

가벼운 분위기로 손을 든 것은, 공화국의 정치를 담당하는 네 가문에 속한 아키사메 씨였다.

전에 공화국을 들렀을 때 신세를 진 상대로, 이번에도 이야기에 참여해 주었다.

모두의 시선이 모인 것을 확인하듯 고개를 끄덕이고 그는 평소처럼 온화하고 다정한 표정으로 말을 꺼냈다.

"내 쪽에서 꺼낼 수 있는 정보인데, 이미 제국의 침략은 시작되고 있어. 최근 며칠, 제국 주변의 몇몇 부족, 소국이 당한 모양이고, 이미 왕국이나 공화국 국경은 돌파당했지. 실질적으로 나라의 경계는 사라진 거나 마찬가지다. 하보탄, 보고를."

"제국군은 저항하지 않는 자는 제국으로 끌고 가는 모양이지만, 거스르는 자는 가차 없이 본보기처럼 죽이고 있습니다. 공화국 군대도…… 솔직히 말해서 그다지 성과가 좋지는 않군요."

"……으음, 그건 비관계자인 우리한테 해도 되는 이야기일까?"

"오드 아이의 성기사 경이 걱정하지 않아도 이미 왕국과 공동전선도 시야에 두고서 움직이고 있으니까 상관없어."

"……전직이야, 같은 소릴 할 수는 없을 것 같은 상황이네."

과거의 직함을 끄집어내자 페르노트 씨가 떨떠름한 표정을 띠었지만, 그것을 완전히 부정하지는 않았다.

그녀는 색깔이 다른 눈동자를 이쪽으로 향하고 조용한 분위기로 의문을 던졌다.

"그래서 아르제는 폐하한테 무언가 역할을 하사받았다……. 어—, 으음…… 미안해, 그만 옛날 버릇이……. 폐하가 엮이면 조금 과장스러운 말투가 되어버리네."

"어, 아뇨, 상관없어요. 페르노트 씨가 말했다시피 저랑 아오바 씨는 임금님께 부탁을 받았어요."

"예. 긴…… 아르제 씨랑 둘이서 제국의 수도까지 뛰어들어 황제를 제압하라고 그랬어요."

"……그건 꽤 과격하다고 할지, 보통 암살자가 할 일이지?"

페르노트 씨가 의아해하는 표정을 띠고서 아오바 씨를 봤다. 그 시선은 살짝 험악하다고 할까, 아오바 씨에게 그다지 호의적이지 않은 감정이 있었다.

시선을 받은 아오바 씨는 평소처럼 의연한 태도를 무너뜨리지 않고 그저 머리의 방울을 흔들며 미소 지었다.

"신흥 국가이기는 하지만 알라우네의 여왕으로서 왕국과는 협력 관계에 있으니까요. 아르제 씨는 옛 지인이라 그걸 도와주게 되었어요. 그렇죠, 아르제 씨?"

"어어, 예. 그렇게 되었어요."

옛 지인, 이라는 표현이 틀리지는 않다고 생각해서 나는 순순히 고개를 끄덕여뒀다.

옛날이라고 해도 전생하기 전이라는 의미인데, 지금 그 이야기까지 시작하면 귀찮아질 테니까 그냥 넘어가기로 했다.

"사정은 알았지만, 그렇다고 해서 그렇게나 위험한……."

"어머, 그렇게 생각한다면 당신도 동행해 주실래요? 아무래도 실력 있는 분 같으니, 고맙겠는데요."

"굳이 말 안 해도 그럴 생각이야. 폐하께서 칙명을 내리진 않으

셨어도, 왕국이 이 아이에게 역할을 부여했다면 그걸 지키는 건 당연해. 개인적으로도, 그게, 돌보기로 결심한 아이니까……."

"그럼 나는 그런 이야기를 편지로 써서 왕국으로 보내두지. 하보탄, 서류 작성 부탁한다."

"아키사메 님, 그건 직접 하시길 부탁드립니다……. 전달하는 건 확실히 제 역할입니다만……."

대화가 진행되는 것을 바라보며 나는 엘시 씨를 생각했다.

……이야기하지 않는 편이 나을 것 같네요.

살아있는 재앙이라 불리는 금색 흡혈귀.

협력해 준다는 약속은 했지만 굳이 따지자면 그녀의 목적에 붙은 덤 같은 거라 그러고, 무엇보다도 그녀와는 이런저런 일이 있었다.

페르노트 씨 같은 경우에는 지난번 조우 당시에도 무척 열 받아 했으니까 이름을 꺼내지 않는 편이 낫겠지.

"아르제 님. 이야기는 진행되고 있다, 그런 걸로 괜찮을까요……?"

"아, 예. 괜찮아요."

"그런가요. 그렇다면 괜찮겠지만……."

유일하게 여기서 말이 통하지 않는 다크 엘프 리셀 씨가 조금 불안해 보였다.

고대 정령 언어라는 오래된 말을 사용하는 그녀로서는, 지금 눈앞에서 펼쳐지는 회의는 이해할 수 없는 것이었다.

다크 엘프 동료들이 제국으로 끌려갔으니까 그녀에게도 이 논의는 중요한 일. 그런데도 말을 알아들을 수 없다는 건 불안하겠지.

"공화국은 왕국과 공동 전선을 펼치게 될 거라 생각해. 아직 정식으로 결정되지는 않은 일이지만, 나 말고 다른 세 가문도 찬동하고 왕국 쪽에서도 승낙이 돌아올 테니까."

"그럼 혼란을 틈타서 제국 수도로 들어가는 것도 편해지겠네요. 저희는 계속해서 역할을 완수하기 위해 움직이겠다고 임금님한테 전해 주세요."

아오바 씨의 말에 아키사메 씨는 가볍게 고개를 끄덕이고 손에 든 메모 위로 펜을 움직였다.

그런 논의의 틈을 노린 것처럼 훌쩍 나타난 사람이 있었다.

"예예, 복잡한 이야기에는 가끔 휴식과 달콤한 거라고요, 달콤한 거. 자, 다들 드세요."

평소 그대로인 미소로 그리 말하며 사츠키 씨가 모두의 케이크와 차를 가져다주었다.

홍차의 상쾌한 향기와 갓 만든 케이크의 달콤한 냄새가 이 자리의 분위기를 조금은 풀어주었다.

"고마워요, 사츠키 씨. 장소까지 빌려버려서 죄송하네요."

"아뇨—아뇨—, 뭐든 사양할 것 없어요. 아키사메 군은 기저귀를 갈아준 적도 있을 만큼 어릴 때부터 알고 지냈으니까 이 정도 부탁은 귀여운 일이에요."

"윽……. 저기, 사츠키 씨. 지금 그 이야기는 좀……."

"죄송합니다만, 사츠키 씨. 그 이야기를 나중에 자세히 들려 주실 수……?!"

"응, 하보탄은 좀 진정해 줄래?"

사츠키 씨의 미소가 깊어지고, 모두 앞에 케이크 세트가 놓였다.

각자 다른 케이크를 둔 것은 취향을 이해하고서 한 거겠지.

"일단 말해두겠는데, 우리 종업원들은 부흥을 돕고 방어하는 정도는 하겠지만 전쟁은 노 터치라고요?"

"저로서는 솔직히 여러분의 힘을 빌려 주신다면 감사하겠습니다만……. 굉장한 전력이니까요."

"카페 점원에게 무기를 들라는 건 넌센스예요. 각자 역할이 있겠죠. 무엇보다도 우리 종업원한테 위험한 짓은 가능한 한 피하고 싶어요."

전날의 전투를 직접 본 것은 아니지만, 결과만 보면 메이의 종업원은 사냥개 부대의 리더들을 아무 피해 없이 쫓아냈다.

아키사메 씨가 도움을 원하는 것도 무리는 아니지만, 어디까지나 사츠키 씨는 자신의 스탠스를 무너뜨릴 생각은 없는 듯했다.

"그럼 조금 쉴까요? 자자, 차는 따듯할 때 마셔요."

"고마워요, 사츠키 씨."

인사를 한 다음에 잔을 기울이자 스스로 생각하던 것 이상으로 목이 말라 있었다는 걸 깨달았다.

중요한 이야기라는 건 알지만 이런 진지한 분위기는 거북했다.

빨리 끝내고 느긋하게 낮잠을 자고 싶은데.

199 떨어져 있어도 이어져 있는 것

“영……차. 이러면 되겠네요.”

만족스러운 기색을 드러내는 것은 행상인 제노 군이었다.

그는 마지막 짐이 마차에 실린 것을 확인하고는 나를 돌아봤다.

“이걸로 여행 준비는 충분하겠죠. 고기 말고는 아르제 씨가 수납하시는 거였죠.”

“예, 이쪽도 끝났으니까요.”

흡혈귀인 내가 가진 수납 스킬인 블러드 박스는 혈액이 포함된 물건은 수납할 수가 없었다.

그래서 고기 따위는 아무래도 마차로 옮기게 되었다.

사냥도 가능하고 지금은 아오바 씨가 있으니까 식량 사정은 무척 편하다고 생각하지만, 그래도 여유가 있어서 나쁠 일은 없다.

혈액이 포함되지 않은 물품을 대충 수납하고 나는 한숨을 내쉬었다.

“제가 생각해도 편리한 능력이에요.”

“하하하, 상인으로서는 부러워요. 물건이 무한하게 들어가고 중량도 사라진다, 그건 그야말로 꿈 같은 일이니까요.”

“……같이 여행을 하는 동안에는 유용하게 써도 돼요.”

제노 군은 내가 처음으로 신세를 진 이세계 사람이자 두 번의 여행을 함께 보낸 사람이다.

그와 여행을 하는 것은 이것으로 세 번째. 행상인으로서의 지식이나 남을 배려할 줄 아는 그에게는 무척 도움을 받고 있었다.

그래서 나도 여행을 하는 동안에는 내 능력으로 그를 도와주자, 그렇게 생각했다.

"……그게 말인데요, 아르제 씨."

"? 왜 그러나요?"

"저는 제국으로 따라갈 수는 없어요."

"……그런가요."

그가 꺼낸 말은 납득할 수 있는 내용이었다.

제국에는 명확하게 싸우러 가는 것이었다. 이제까지처럼 느긋하게 여행을 하거나, 사람을 바래다주기 위한 여행과는 다르다.

행상인인 제노 군에게는, 싸움은 바라는 바가 아니었다. 가지 않겠다는 그를 막을 수는 없겠지.

"뭐, 제노 군은 상인이니까요. 위험할 테니까 그러는 편이 나을 거라 생각해요."

"아—…… 으음, 그런 게 아니고요. 따라가고 싶은 마음은 굴뚝 같다고 할까, 어제까지는 따라갈 생각이었어요."

"……후에?"

"길드도 표적이 되었고 시릴 대금고도 공격의 대상이 된 모양이니까요. 저는 제가 할 수 있는 일을 하자고 생각했어요."

"……그런가요."

살짝 잘못 생각했나 보다.

착각했으니 사죄를 해야 한다는 생각도 들었지만 내가 무언가 말을 꺼내기 전에 제노 군은 부끄러운 듯이 미소를 지었다.

"어떻게 될지는 모르겠지만 반드시 아르제 씨한테 도움이 되도록 움직일게요. 맡겨주세요."

"……그렇게나 베풀면, 대체 얼마를 지불해야 할까요?"

"신용을 산다는 녀석이에요. 돈을 중요시하기 때문에 그 이상으로 중요한 것도 충분히 이해한다고 생각해 주세요. 제게도 아르제 씨는 친구니까요."

"그런가요. 그렇다면…… 부탁할게요."

"예, 부탁 받았어요. 약속할게요, 반드시 아르제 씨에게 도움이 되겠다고."

전이라면 그렇게 아무런 대가도 없이 누군가의 신세를 지는 것을 싫다고 생각했다.

부탁할게요. 이 말을 솔직하게 입에 담을 수 있게 된 것은, 틀림없이 아이리스 씨한테 들은 말 덕분이겠지.

좀 더 의지해도 된다는 말이 어느 정도까지를 말하는지는 모르겠다.

하지만 적어도 맡겨달라는 제노 군의 미소에는 솔직하게 고개를 끄덕여도 될 것처럼 여겨졌다.

"게다가…… 바가지를 씌울 수 있을 것 같은 참이니까 그렇게 하는 거고요."

"제노 군답네요. ……또 약속인가요."

"예, 언젠가 헤어질 때와 똑같아요."

항구 마을 알레샤에서 나와 그는 언젠가 다시 한번 만나서 은혜를 갚겠다고 약속을 했다.

그 후에 공화국에서 재회하여 함께 여행을 하고, 지금 이렇게 또다시 약속을 맺고서 이별하려 한다.

이번에는 무언가를 갚는 게 아니라 반드시 또 만나자, 그런 약속.

"아, 시릴 대금고에 연락을 취한다면 이그지스터한테 편지를 써두고 싶은데요……."

"알겠어요. 반드시 대금고의 주인에게 전달할게요."

"고마워요, 제노 군."

이어진 인연은 어느샌가 커져서, 쿠온에 있던 무렵과는 비교가 안 될 만큼 많은 사람과 엮여 있었다. 뭐든 귀찮아하는 나로서는 지나치게 많을 정도로.

이어진 모두와 있었던 일을 떠올리며 나는 제노 군과 새로운 약속을 나누었다.

그라면 틀림없이 약속을 지켜준다. 그리 생각할 수가 있었다.

200 제국을 향해서

“그럼, 으음…… 고마웠어요, 여러분.”

제국으로 출발할 준비를 갖추고 메이를 떠나는 날이 다가왔다.

자기 방의 짐을 정리한 뒤, 우리는 메이의 종업원들에게 작별의 인사를 하고 있었다.

“아뇨아뇨! 즐거운 시간이었어요, 아르제. 모쪼록 또 놀러와요! 자, 이거 선물로 주는 케이크예요!”

“와앗, 고마워요.”

대량의 상자를 받고 허둥지둥 블러드 박스에 수납했다.

자기 혈액에 존재를 녹여두는 스킬인 블러드 박스는 수납한 물품의 부패를 막아주는 효과도 있었다. 여행하는 동안에 느긋이 먹으라는 거겠지.

“또 올게요. 반드시.”

“후후, 그건 기대되네요. ……제국에는 제 지인도 몇 명인가 있는데…… 그러네요. 긴카 쪽이라면 힘이 되어줄까 싶어요.”

“긴카 씨, 인가요?”

“예. 무척 착한 아이예요. 만난다면 잘 부탁할게요.”

긴, 이라는 글자가 강한 인상을 남기어 어쩐지 마음에 걸렸다.

다만 사츠키 씨의 지인이라면 나쁜 사람은 아니겠지. 기억해둬도 괜찮을 듯했다.

“큰일이라고는 생각하지만…… 아르제, 뭔가 생각하는 게 있는 거죠?"

"예. 가야만 한다고 생각해요."

쿠온 가문과는 이미 관계가 없다고 생각했다. 그도 그럴 게, 나는 전생해서 다른 세계에 왔으니까.

하지만 실제로는 이 세계에 있던 전생자는 나만이 아니고, 그 중에 쿠온에서 온 사람이 둘이나 있었다.

그 둘 중에 하나인 아오바 씨가 트레이드마크인 방울을 울리며 사츠키 씨에게 머리를 숙였다.

"사츠키 씨, 짧은 시간이었지만 신세를 졌어요."

"아뇨— 아뇨—, 신경 쓰지 마시고! 아오바 씨도 꼭 또 와주실 거죠?"

"예. 저도 이곳의 케이크는 마음에 들었으니까. 꼭 다시 오고 싶어요."

그저 환하게 웃는 아오바 씨의 얼굴은 쿠온에 있던 무렵보다도 훨씬 부드러웠다.

막 재회했을 무렵에는 그녀가 전생했다는 사실에 의문을 느꼈지만, 지금이라면 아오바 씨가 전생자로 선택된 이유도 알 수 있을 것 같았다.

"? 왜 그러나요, 아르제 씨. 제 얼굴에 뭔가 묻었나요?"

"그러네요, 방울이랑 꽃이 묻어 있어요."

"후후, 그러네요. 좀 더 봐도 돼요. 자, 얼굴 말고도 환영이에요, 꽃은 사랑받기에 피어나는 것이니까."

어찌된 영문인지 기분이 들떠 보이는 아오바 씨가 그 자리에서 빙글빙글 돌았다.

녹색 피부를 장식한 꽃이 하늘하늘 흔들리며 달콤한 향기가 감돌았다.

"와후—, 아르제, 또 와줬으면 좋겠어—!"

"예, 또 놀러올게요."

"또 보자고. 맛있는 커피를 준비하고 기다릴 테니."

"예, 시노 씨."

"또 놀러와. 열심히 하되, 무리하지는 말고."

"고마워요, 후미츠키 씨."

메이의 종업원들도 인사의 말을 건넸다.

나만이 아니라 페르노트 씨, 쿠즈하, 아오바 씨, 그리고 리셀 씨한테도 작별의 인사를 건네는 모두를 바라보며, 나는 다른 사람들보다 조금 떨어진 곳에 있는 사람에게 다가가서 말을 건넸다.

"아이리스 씨도, 고마웠어요."

말을 건네자 아이리스 씨는 나와 같은 색깔의 눈동자로 가만히 이쪽을 응시했다.

"……아르제. 가르쳐 준 건 제대로 기억하고 있지?"

"……아직 모르겠어요. 하지만 기억하고 있어요. 적어도 잊지는 않아요."

"그렇구나. 그렇다면 됐지만……. 그래도 무리하면 안 된다?"

"아……."

끌어 안기자 어쩐지 애절한, 가슴이 죄어드는 것 같은 감각을 느꼈다.

……고마운 사람이 늘어나 버렸어요.

어느샌가 내 주위는 그런 사람들만 가득해져 버렸다.

날 위해서 눈물을 흘리고, 날 위해서 피를 흘리고, 날 위해서 마음 써준다. 그것도 내가 스스로를 소중하게 여기는 것보다도 훨씬 나를 소중하게 여겨주는 것 같은 사람들이.

그것은 쿠온에 있던 무렵에는 없었던 감각. 아니, 몰랐던 감각이다.

기억 속, 꿈으로 본 아오바 씨나, 나를 돌봐주던 류코의 얼굴을 또렷이 떠올렸다.

그 무렵부터 날 위해서 무언가를 생각해주는 사람은 분명히 있었는데, 나는 그것을 깨닫지 못한 상태로 그 세계를 떠나버렸다.

"……고마워요."

이 감사함을 이번에야말로 받아들일 수 있을까.

지금은 아직 모르겠지만 언젠가 그럴 수 있다면 조금은 은혜를 갚은 게 될까.

모르겠지만 지금은 그저 이 온도를 느끼고 싶었다.

"어쩐지 아이리스 씨, 언니 같네요."

"실제로 너보다 오래 살았으니까."

"아르제 씨, 언니 역할이라면 제가 있잖아요?!"

"뭘 경쟁하는 거야, 아오바……."

페르노트 씨가 미묘하게 질렸다는 표정이었지만, 듣고 보니 아오바 씨도 '친척 누나'라는 범주니까 틀리지는 않은 것 같기도 했다.

……어쩔 수 없네.

기분도 좋고 아오바 씨가 어쩐지 불만스러운 모양이니까 살짝 서비스라도 해두자.

그리 생각해서 나는 아이리스 씨한테서 떨어졌다. 빙글, 발길을 돌려서 아오바 씨를 돌아봤다.

키 차이가 역력해서 명백하게 내가 아오바 씨를 올려다보는 모양새가 되었다.

"어……?"

어리둥절, 그런 표정으로 나를 내려다보는 아오바 씨를 향해 혼신의 영업 스마일을 짓고.

"아오바 언니—♪"

"커헉——?!"

어찌 된 영문인지 아오바 씨가 무너져 내렸다.

살짝 기대에 부응했을 뿐이라고 생각했는데, 무슨 일이 있었을까.

"어—…… 저기, 아오바 씨?"

"어째서, 어째서 이 세계에는 녹음기가 없을까요. 으윽……! 아아, 하지만 무한 재생할 수 있어요……. 후후…… 후후후…… 행복해……."

"……잘은 모르겠지만, 출발은 조금 기다리는 편이 좋을 것 같네요?"

"지금 그건 아르제가 흉기였던 것 같은데……."

어, 지금 그거 내가 잘못했나요?

"어어…… 길이 꽤 어질러져 있네요."

201 예정 밖이란 항상 따르는 것

엉덩이를 밀어 올리는 감각이 불규칙적으로 찾아와서 나는 그런 감상을 흘렸다.

마차 밖으로 얼굴을 내밀자 페르노트 씨가 말고삐를 붙잡으며 이쪽으로 흘끗 시선을 던졌다.

"전쟁의 영향으로 가도도 망가진 모양이야."

제국이라 불리는 큰 국가가 벌인, 전 세계를 향한 선전포고. 그에 따라 현재는 여기저기서 분쟁이 벌어지고 있었다.

그런 제국에 나와 아오바 씨 말고 다른 쿠온 가문의 전생자가 있을지도 모르는 상황.

"뭐, 이미 국경도 뭣도 없으니까 제국으로 가는 것 자체는 그럭저럭 원만하게 갈 수 있지 않을까……."

"…………."

"아르제? 왜 그래?"

"어…… 아아, 아뇨. 아무것도 아니에요."

걱정하는 표정으로 바라보는 페르노트 씨에게 나는 애매한 말로 대답했다.

생각하는 것은 하나. 과거에 살았던 세계. 쿠온 긴지라고 불리던 무렵.

"……쿠온, 인가."

쿠온 가문은 우수하지 않은 자를 인정하지 않는 가문이었다.

전생의 조건은 '원래 있던 세계와 영혼의 질이 맞지 않는 것'.

나는 애당초 쿠온이 원하는 조건을 충족시키지 못했고, 아오바 씨도 능력으로는 인정을 받았지만 본인이 쿠온 가문에게 강한 불쾌감을 가지고 있었다나.

……하지만 그 사람은 다른 것처럼 보였어요.

쿠로가네, 라고 자칭한 그 사람을 다시금 떠올렸다.

그것은 불순물 없는, 순수한 쿠온 가문의 인간'다운' 인간이었다.

자신의 우수함을 과시하고, 가치를 자랑하고, 확정한다. 그것은 그야말로 내가 있던 세계의, 그 가문의 법칙이었다.

아오바 씨 이상으로 그가 전생한 이유를 알 수 없었다. 그리고 동시에, 다른 세계에 와서까지 어째서 그런 삶의 방식을 계속하는지도 이해할 수도 없었다.

"히얏……."

있는 힘껏 흔들리는 바람에 사고가 중단되었다.

무슨 일인가 싶어서 봤더니 페르노트 씨가 고삐를 당겨서 말을 세우는 참이었다.

"페르노트 씨? 무슨 일인가요?"

"……사람이 쓰러져 있어."

말하기가 무섭게 페르노트 씨는 마차에서 뛰어내렸다.

그녀가 걸음을 옮긴 곳에는 확실히 사람 같은 것이 두 체, 길가에 쓰러져 있었다.

"아르제 씨, 무슨 일인 거예요?"

"잘 모르겠지만 무슨 일이 있었나 봐요."

고개를 내민 쿠즈하와 함께 나도 마차에서 내려 그쪽으로 향했다.

무슨 일이 있었는지는 모르겠지만 부상을 당했다든지 한다면 내 담당이다. 간단한 부상을 치료하는 정도라면 페르노트 씨도 가능하지만 상처가 깊거나 강한 독이나 질병이라면 내 회복 마법이 나설 차례다.

"……아르제 씨. 저, 이 냄새 기억이 있어요."

"예?"

옆에서 나란히 달리는 쿠즈하가 그런 소리를 해서 나도 자신의 후각에 집중했다.

어머니와 둘이서 살던 그녀에게 나를 제외한 지인은 대부분 나와 만난 뒤에 생긴 것이다.

다시 말해 쿠즈하의 지인이라면 거의 내게도 지인이라는 것이다.

"……아."

기억 안에서 걸리는 인물을 확인하고자 나는 속도를 올렸다. 쿠즈하도 마찬가지로 가속했다.

가까이까지 갔더니 페르노트 씨가 우리를 돌아봤다.

"아르제. 바로 죽을 정도는 아니지만 두 사람 다 상처가 깊어. 도와줄 수 있을까."

"……예, 알겠어요. 지인이기도 하고요. 도울게요."

"어?"

의식을 잃은 두 사람의 얼굴은 확실히 본 기억이 있었다.

"……그 두 사람은, 광대예요."

"베테랑인 거예요!"

"어, 아, 그, 그래……?"

닥스와 치와와.

소형견과 같은 이름을 가진 두 사람을 보고 나는 어쩐지 귀찮은 예감을 짐작하고 있었다.

202 한 사람 부족하다

"그렇게 되어서, 그들은 유랑 광대예요."

""누가 광대냐, 인마아아아아아아아!!""

"……나한테는 지명 수배된 도적단으로 보이는데."

"아, 닥스랑 치와와, 거기 있는 사람은 페르노트 씨라고, 전직 왕국 기사라는 모양이에요."

""광대로 충분합니다.""

굉장한 기세로 손바닥을 뒤집었다.

"……둘 다, 저랑 만났을 때랑은 반응이 다르지 않나요?"

"넌 바보냐, 페르노트라면 왕국에서 최강이라 불리던, 반쯤 인간을 포기한 기사라고!"

"그래, 빛의 검으로 산을 하나 날려버렸다든지, 드래곤의 무리를 혼자서 토벌했다든지. 두목이 없는 우리가 맞설 수 있는 상대가 아니라고!"

"저기, 옛날 일을 이야기하는 건 그만두지 않겠어……? 부끄러운데……?"

부정하지 않는 만큼 정말로 있었던 일이겠지. 역시 페르노트 씨, 사실은 상당한 유명인인 듯했다.

페르노트 씨는 두 색깔의 눈동자를 일그러 뜨리며 떨떠름한 표정을 하면서도, 일단은 내 지인이라고 하니까 더 이상 추궁하지는 않았다.

……자, 그럼 어떻게 할까요.

테리어 도적단과는 이런저런 일이 있었다.

처음은 우연히 내가 원래 있던 세계에 있는 강아지와 같은 이름이라고 생각했지만 어쩌면 아닐지도 모르겠다.

물어봐야 할까, 그런 생각도 들었지만 지금 그들은 둘밖에 없었다. 두목인 테리어가 빠진 것이었다.

"그런데, 테리어는 어디로 갔나요?"

"흥, 누가 너 따위한테 가르쳐 줄까 보냐!"

"광대 씨, 오랜만인 거예요! 배가 고프지는 않은 거예요? 밥, 먹을래요?"

"으윽……."

쿠즈하의 천진난만 오라에 불편함을 느꼈는지 치와와가 떨떠름한 표정을 띠었다.

아오바 씨와 리셀 씨는 처음 보기도 하는 상대라서, 살짝 멀리서 두 사람을 지켜보고 있었다.

"아르제 씨. 정말로 지인인가요?"

"예, 뭐……. 이 세계에 태어나서 처음 만난 사람들이니까요."

"아, 그렇군요……. 그렇다면 뭔가 했겠네요?"

미묘한 표정을 띤 아오바 씨가 나를 봤지만 딱히 기억이 없었으니까 아무 말도 안 했다.

다시 두 사람을 봤더니 역시나 우리에 대한 경계를 풀지는 않았는지, 방 구석 쪽에 굳어서는 내 쪽으로 강한 시선을 보내고 있었다.

부상 치료는 순순히 받았지만 그 이상으로 순순한 태도가 되기에는 조금 더 말과 시간이 필요할 것처럼 보였다.

“자자, 과거 일은 물에 흘려보내고 사이좋게 지내죠.”

“너, 어느 입으로…….”

“쿠즈하 말대로 배가 고프겠죠? 식사를 준비할 테니까 느긋하게 이야기를 해줘요.”

가능한 한 얼굴에 미소를 그리며 차분한 목소리로 두 사람을 재촉했다.

아무리 이런저런 일이 있었던 사이라고는 해도, 리더를 잃고서 명백하게 낙담한 두 사람을 괴롭힐 생각은 들지 않았다.

“……어쩌지, 닥스?”

“어쩌냐고 그래도 말이지…….”

“두목 화낼까.”

“뭐, 화내겠지만 지금보다는 낫지 않을까……?”

아무래도 두 사람 안에서 무언가 납득이 이뤄졌나 보다.

치와와랑 닥스는 우리를 보고 둘이 동시에 머리를 숙였다.

“염치없는 소리란 건 알지만 부탁한다.”

“두목을, 구해줘.”

“……일단 식사를 할까요.”

아무래도 내가 생각한 것 이상으로 테리어 도적단은 성가신 상황인 듯했다.

203 미아 강아지

"……그래서, 테리어는 어떻게 된 건가요?"

"……원래 우리는 제국으로 돌아갈 생각은 없었어. 다만 제국의 선전포고가 있었던 이후로, 두목은 조금 정신이 딴 곳에 가 있을 때가 많아서 말이야."

"아, 역시 여러분은 제국의……."

"알고 있다면 이야기가 빠르겠네. 하지만 우리는 제국으로 돌아갈 생각은 없다. 그건 두목도 마찬가지겠지."

두 사람의 말에 나는 의심을 확신으로 바꾸었다.

막 전생했을 무렵에 만난 세 도적. 테리어, 치와와, 닥스.

그들 셋의 이름은 우연이 아니라 나와 같은 세계에서 온 전생자가 개의 이름을 따서 붙인 이름이었다.

……처음부터 저는 쿠온에게서 떨어지지 못했던 거군요.

전생하고 더 이상 가문과는 관계가 없어졌다고 생각했다.

하지만 전생 후 처음으로 만난 그들조차 쿠온과 관련이 있었던 것이다.

과거의 목숨을 잃어도 과거의 기억을 잃은 것은 아니다.

"어디까지 가도 과거의 일은 사라지지 않은 거로군요."

"……그래, 그럴지도 모르겠군."

"신경 쓰지 마세요. 지금 그건 혼잣말이에요."

고개를 가로저어 의식을 전환하고 나는 다시금 두 사람에게 말을 던졌다.

"테리어는 어떻게 되었나요?"

"……우리는 도적단이야. 표적이 겹쳐버릴 때도 있지."

"그러니까 비슷한 사냥감을 노리고 말았다는 건가요?"

"그래. 그래서 두목은 우리를 도망치게 해주려고…… 그 녀석들한테 붙잡혀 버렸어……. 젠장!"

"……그렇군요."

그러니까 테리어는 두 사람을 위해서 미끼의 역할을 맡았다는 건가.

……부하를 아끼는군요.

몇 번인가 만날 때마다 생각했는데 그들은 사이가 좋았다.

도저히 쿠온이 만든 병사라고는 여겨지지 않을 정도. 그런 부분이 그들이 쿠로가네 씨를 떠난 이유일지도 모른다..

쿠로가네 씨가 만든 사냥개 부대와 대치했을 때와는 달리 명확한 의지, 단적으로 말하면 인간적인 마음이 그들에게서 느껴졌다.

"……여러분. 살짝 딴 길로 새고 싶은데 괜찮을까요?"

자연스럽게 나는 그런 말을 꺼냈다.

"괜찮아요! 잘은 모르겠지만 아르제 씨가 가고 싶은 곳이라면 저는 따라갈게요!"

"……아르제 님의 지인이 곤란하다면 저도 돕게 해주세요."

"잘 모르겠지만 아르제 씨가 그러고 싶다면 상관없어요."

쿠즈하, 리셀 씨, 아오바 씨가 가벼운 태도로 받아들여 주었다.

페르노트 씨 쪽은 오드 아이를 미묘하게 찡그리며 한동안 나를 봤지만, 이윽고 어쩐지 어이없다는 듯 한숨을 내쉰다.

"……아무리 그래도 정말로 그 두 사람이 광대라고 생각하지는 않지만."

"안 될까, 요?"

"나도 이미 왕국의 기사가 아닌걸. 그렇게까지 머리가 굳지는 않았어. 다만 위험하다고 생각된다면……."

"그때는 제가 책임을 질 테니까요."

"……아르제가 그렇게까지 말하는 것도 드문 일이네."

후우, 다시 한번 크게 한숨을 내쉬고 페르노트 씨가 고개를 끄덕였다.

"알겠어. 네가 그렇게까지 말한다면 잠시 딴 길로 새자."

204 어둠 속에서

"……즉, 당신은 동료가 될 생각이 없다는 거지?"

어둠 속에서 거슬리는 목소리가 울렸다.

목소리는 여자의 것으로, 자신이 우위에 있다는 것이 여실하게 느껴지는 들뜬 분위기였다. 솔직히 말해서 구역질이 났다.

지금 당장 덤벼들어서 죽여 버리고 싶지만, 사슬에 묶여 있으니 그것도 변변히 할 수 없었다.

"테리어 도적단……. 최근에 화려하게 날뛰던 모양인데, 운이 나빴네. 설마 내가 노리는 사냥감을 가로채려고 하다니. 그것도 고작 셋이서!"

"……네놈처럼 우르르 데리고 다니는 건 좋아하질 않거든."

어둠 속에 있을지라도 내 눈에는 또렷하게 상대의 얼굴이 비쳤다.

여유가 가득해서는 나를 내려다보는 것은 도적 주제에 호화로운 드레스를 입고 머리카락을 롤 모양으로 묶은, 얼핏 귀족 같은 복장의 여자였다.

단적으로 말하면 붕 뜬 복장을 한 바보지만 이 녀석도 어엿한 여도적. 게다가 수십 명의 부하를 거느린 유명인이었다.

"흐응…… 뭐, 됐어. 너도 내게 충성을 맹세하는 게 어때?"

"……뭐라고?"

"그렇게 하면 지금, 내 부하에게 쫓기고 있는 네 부하들을 선처할 수도 있다고? 마침 시릴 대금고에 다시 한번 공격을 가할 전력을 찾고 있었거든."

시릴 대금고라면 전 세계의 경제를 관리하는, 화폐 제조처다.

……그런 곳에 달려드는 거냐, 이 녀석은.

그만한 실력과 부하가 있다는 의미일 텐데, 역시나 세력으로서는 거대했다.

어쨌든 내가 할 말은 하나밖에 없다.

"거절한다."

"……즉답하는구나?"

"개를 원한다면 다른 놈을 찾아라. 빌어먹을 여자."

충성 같은 말에는 구역질이 난다.

내가 노려보자 상대는 기분 나쁘다는 듯이 눈썹을 치켜 올렸다.

"……그렇다면 내 아티팩트로 억지로라도 복종시킬 뿐이라고?"

화악, 내 체온이 올라가는 감각이 들었다.

그 이유는 상대에게서 피어오른 향기였다. 달콤한, 뇌가 녹을 것 같은 냄새가 어둠 속에 자욱이 끼어서 사고를 박살내듯이, 후각을 어지럽혔다.

"윽……."

"꿈속으로 떨어져라, 『가라앉는 몽락모(夢落募)』."

어찌할 수도 없이 나의 이성을 점차 깎아내리는, 어둠 속에 가득 채우는 냄새.

그 향기는 눈앞의 여자가 걸친 드레스에서 나오고 있었다.

"빌어……먹을……."

마음을 빼앗고 나락으로 끌어내리는, 정신 조작 계 아티팩트.

불쾌하다고 생각하는데도 달콤한 그 향기가 차츰차츰 정신을 갉아먹는다.

"높은 저주 내성에 강한 의지……. 시간은 걸릴 것 같지만…… 후후, 언제까지 버틸까? 아니면 이미 내가 좋아졌어?"

"……빌어 처먹어라, 다."

기분 나쁜 소리를 하는 상대에게, 나는 스스로도 억지임을 알 수 있을 법한 악다구니를 퍼부었다.

205 강아지 구출 작전

"허—. 저게 목표인가요?"

"그래. 그 여자의 거처다."

"아, 여자군요. 그 도적단의 단장님은."

"그래. 이상한 복장을 차려입은 이상한 녀석이지만 도적단치고는 유명해."

"이상한 복장……?"

"뭐, 너만큼은 아니지만 말이다, 치녀."

"음, 실례네요. 지금은 제대로 옷을 입고 있어요."

어쩐지 바보 취급을 당하는 것 같지만 가볍게 농담을 던질 정도의 여유는 생긴 모양이라 다행이었다.

지금 우리는 수풀에 숨어서 도적단의 아지트를 관찰하고 있었다.

"멋진 요새……라고 그러기에는 조금, 낡았네요."

"저건 오래 전, 아직 공화국이 통일되지 않았을 무렵의 통일전쟁에서 사용된 요새네."

"페르노트 씨, 박식한 거예요."

"나도 자료랑 스케치로 봤을 뿐이야. 아마도, 정도에 불과해."

"그걸 기억하고 있다는 게 이미 굉장하다고 생각하는데요……. 뭐, 공격하는 건 간단해 보이네요. 마치 시들어가는 꽃 같아요. 사람은 채워져 있지만 구멍투성이에요."

아오바 씨가 평가했다시피, 멀리 보이는 요새는 명백하게 세월에 따른 노후화가 진행된 상태였다. 지진이라도 한번 일어난다면 맥없이 무너져 버릴 것 같은 분위기였다.

그런 낡은 요새 주위를 무장한 인간 몇몇이 돌아다니고 있었다.

"굉장한 숫자네요……."

"조심해라, 저 녀석들은 그저 어중이떠중이들이 아니야. 전원이 두령을 위해서 목숨 정도는 버린다고."

"……도적단인데도 무척 결속이 단단한 모양이네요."

테리어 도적단은 사이가 좋지만, 도적단의 일반적인 이미지는 거친 인간의 무리다.

규모가 커지면 무언가 다툼이나 불만이 쉽게 발생한다. 원래부터 거친 인간들이라면 더더욱 그렇다.

신기하다는 생각에 고개를 갸웃거리자 닥스가 신음하듯이, 그 정체를 밝혔다.

"저주다."

"저주……인 거예요?"

"그래. 그 여자, 아마노가 가진 아티팩트의 힘은, 사람을 함락시키고 매료한다……. 두목한테 들은 이야기기는 하다만."

"흠……."

이제까지도 다양한 아티팩트를 봤지만 타인의 마음을 조종하는 경우는 처음이었다.

"그렇다면 테리어도 지금쯤……."

"두목이 그렇게 쉽게 당할까 보냐. 하지만…… 아무리 두목이 저주에 강해도 한계는 있겠지."

"그럼 서두르는 편이 좋을 것 같네요. 하지만 어쩌죠……. 아무리 그래도 숫자가 너무 많다고요?"

"그렇다면 우선은 내 폭탄으로 틈을 만들고……."

"기다려."

닥스의 제안을 가로막고 페르노트 씨가 말을 꺼냈다.

"너희는 얼굴이 알려져 있겠지? 그 리더를 인질로 삼으면 어쩌려는 거야. 여기서 얌전히 있어."

"어쩐지 익숙하네요, 페르노트 씨."

"옛날에, 많은 일이 있었거든……."

이야기하고 싶지는 않은 모양이니까 물어보지 않기로 했다.

일단 페르노트 씨의 주장에 납득했는지 닥스와 치와와는 순순히 물러났다.

"으음, 그렇다면 이 멤버로 저 요새를 공략……하는 건가요?"

"응, 그래. 솔직히 쉽게 이길 거라 생각하고……. 딱히 작전 같은 건 없어도…… 뭐, 그래도 일단은……."

"맡겨주세요! 그럼 다녀올게요!"

"어, 쿠즈하, 잠깐 기다려?! 아직 생각하는 중인데…… 아아, 정말?!"

이야기가 끝났다고 생각했는지 쿠즈하가 기운차게 돌격했다.

여우색 머리카락과 꼬리를 남겨두고 떠날 기세로 여우 소녀가 질주했다.

"죽이지는 않고 갈게요. 미수 분신, 『금사매』!"

쿠즈하가 단골 문구를 영창하고 꼬리가 분리되었다.

본체에서 떨어진 꼬리는 순식간에 질량이 늘어나고, 형태를 바꾸고, 이윽고 쿠즈하와 완전히 똑같은 모습인 분신이 완성되었다.

자신과 완전히 같은 모습, 능력인 분신을 만들어 내는 스킬. 쿠즈하가 자랑하는 미수 분신이었다.

"뭐, 뭐냐?! 어린애?!"

"수인 꼬맹이다! 어디서 솟아나왔느엑?!"

"갑니다—!!"

광대의 핀치를 맞닥뜨리고서 쿠즈하는 무척 분발하고 있는지 경비 중인 도적들과 벌써부터 활극을 펼치기 시작했다.

"으음…… 저기, 이제 해치워 버리면 될까요?"

"어—…… 그럼 부탁드릴 수 있을까요, 리셀 씨."

"예. 그럼, 갈게요."

싱긋 미소를 띠고 리셀 씨가 앞으로 나섰다.

이미 엉망진창이 된 것 같으니까 막을 필요는 없겠지. 페르노트 씨도 미간을 누르고는 있지만 진심으로 막을 생각은 없어 보이고.

"흘러내려라, 하늘의 꽃. 『낙화유혜(落華流彗)』."

자아낸 말에 응하듯이 하늘 위에서 별 같은 형상의 활이 떨어졌다.

다크 엘프의 갈색 피부를 더욱 아름답고 두드러지게 만들어 주듯이 밝은 색깔의 활은, 리셀 씨에게 너무도 잘 어울렸다.

"부탁드립니다."

매끄럽고 어쩐지 장엄한 동작으로 활을 당기자, 활이 리셀 씨의 마력을 빨아들여서 한 자루 화살을 만들어 냈다.

리셀 씨는 쭈욱 편 등줄기 그대로 깊이 숨을 들이쉬고, 멈추고, 이어서.

"흣!"

숨을 내쉬는 것과 동시에 손끝을 뗐다.

발사된 화살은 마치 혜성처럼 빛의 꼬리를 뻗으며 날아갔다.

리셀 씨가 노린 것은 사람이 아니라 삭은 요새의 벽이었다.

박힌다기보다는 부서지는 소리가 났다.

"으아아아?!"

"뭐냐?! 폭발인가?!"

"후우…… 무를 것 같다고 생각했는데 제대로 정답이었군요."

숨을 내쉬면서 활을 내리며 리셀 씨가 만족스러운 말을 흘렸다.

그녀가 발사한 일격을 맞은 요새의 벽이 날아가며 무너졌다. 당연하다는 듯이 비명이 터지고 갑자기 요새 주위는 소란스러워졌다.

결과적으로 순찰을 돌던 경비는 쿠즈하의 분신과 화살, 양쪽으로 정신이 팔리고——.

"자, 적당히 묶어버릴게요~."

"우오어어어어?!"

——발밑에서 뻗은 덩굴 무리에, 한꺼번에 붙잡혔다.

어떻게든 그것을 피한 자들도 이번에는 쿠즈하한테 붙잡혀서 마법에 따른 공격으로 의식이 날아갔다.

뒤숭숭한 분위기를 풍기던 불한당들의 보금자리는, 조금 전의 분위기와는 돌변해서 크게 소란스러워졌다.

"……역시나 엄청나네, 이 전력. 제국으로 가기 전인데도 든든하기 그지없어."

페르노트 씨가 어이없다는 듯이 한숨을 흘리며 검을 뽑았다.

그녀도 진심을 발휘할 생각은 없는 모양이라 발걸음은 경쾌했다. 전체적으로는 쿠즈하와 아오바 씨한테 맡길 생각이겠지.

……정말로 전력을 따지자면 일개 군단 수준이네요.

리셀 씨의 더없이 정확한 사격에, 쿠즈하의 분신을 활용한 다단 공격과, 아오바 씨의 식물을 사용한 대응력.

게다가 페르노트 씨도 과거에는 왕국에서 최강의 기사라고 불렸을 정도의 실력자다.

나도 신에게 치트 능력을 받은 흡혈귀니까, 정말로 이건 상대가 나빴다고 표현할 수밖에 없었다.

뒤에 있는 강아지 두 사람이 벌린 입을 다물지 못하는 상태가 되어 있는 것을 흘끗 보고 내 쪽도 조금은 역할을 하기로 했다.

"자. 제정신이 들어—라."

상대에게는 안타깝게도 세상에는 상성이라는 것이 있고, 정말로 상대와 나의 상성은 최악이었다.

내 회복 마법의 스킬 레벨은 10. 이 세계에서 말하기로는 최고로, 나 말고는 아마도 사용자가 없을 정도인 치유의 힘이었다.

그 힘은 아티팩트의 저주조차 풀어버린다.

저런 대인원이 저주로 정신을 조작한 결과라면, 내가 회복 마법을 사용하는 것만으로 치명적인 혼란이 벌어진다는 뜻이다.

"헉…… 여, 여긴……?!"

"나, 나는 이제까지 무슨 짓을……?!"

예상대로 우선은 근처에서 아오바 씨에게 붙잡혀 있던 도적들이 제정신을 차렸다. 아니, 원래는 도적조차 아니었을지도 모른다.

"그럼 테리어를 구해서 올게요."

"너, 너희들, 정말로 뭐냐……."

"으음…… 그냥 한가한 사람, 일까요."

다양한 이유로 모여 있는 우리를 한마디로 표현하는 것은 어려웠다.

적당한 말로 얼버무리고 나는 천천히 앞으로 나섰다.

한동안 내버려 두면 결판은 나겠지. 서로의 목숨에 혹시 모를 일이 없도록 회복 마법 준비도 해놓고 대기하자.

"후아암…… 빨리 마치고 낮잠을 자고 싶네요……."

할 일은 많지만 하늘을 올려다보고 생각하는 것은 평소 그대로였다.

206 오랜만의 재회

예상했던 그대로라고 할까 뭐라고 할까, 요새 안에는 지독한 참상이 펼쳐져 있었다.

치유 마법으로 세뇌가 풀렸고, 제정신을 차렸으니 대혼란이 발생했다.

정확한 상황 파악도 되지 않는 상황에 공격당하니, 누가 아군이고 적군인지도 불명확.

이런 상황에서는 반격이고 뭐고 없다. 그저 일방적인 무력화가 요새 안에서 벌어지고 있었다.

"죽이지 않는다는 건 오히려 난이도가 높거든. 특히 이런 제압전에서는…… 말이야."

"상황과 역량 차이라는 의미네요……. 블러드 암즈, 『사슬』."

가벼운 태도로 검을 휘두르는 페르노트 씨 옆에서 흡혈귀의 능력으로 도적들을 포박하며 나는 느긋하게 요새 안을 걸어갔다.

"뭐, 이 정도는 할 수 있어야지. 어쨌든 제국에 싸움을 걸게 될 테니까."

"제대로 안쪽까지 갈 수 있다면 오히려 안전할 거라 생각하는데요……. 적어도 대군을 상대하는 게 아니라 정예와 싸우게 될 것 같은데."

"그러네. 제국은 오랫동안 황제의 독재로…… 각지에 반란군도 있다니까 혼란을 틈타서 움직여 준다. 그런 일도 불가능하지 않다고 생각해."

난전 가운데서 앞으로의 예정을 이야기하며 우리는 요새 점거에 착수했다.

……솔직히 무척 여유롭네요.

알고 있던 일이지만 최근에는 전투가 조금 하드했기에 잊을 뻔했다.

나도 상당히 치트인 능력을 가지고 있지만, 내 여행 동료들도 전원이 전력으로는 격이 다른 것이었다.

"자, 그럼…… 테리어는……."

"아르제 씨, 이쪽에서 맡은 적 있는 냄새가 나요!"

"고마워요, 쿠즈하."

수인인 그녀의 코는 흡혈귀인 나 이상으로 신뢰할 수 있었다.

쿠즈하의 인도에 따라, 적당히 도적들을 상대하며, 우리는 이윽고 지하 쪽으로 내려가게 되었다.

"그건 그렇고…… 기다리라고 그러지 않았던가요?"

"아무리 그래도 이런 상황이 됐다면 우리 얼굴 따윈 신경 쓰지도 않겠지."

아오바 씨의 질문에 치와와가 무뚝뚝하게 대답했다.

결국에 테리어 도적단의 두 사람은 우리를 따라왔다. 전력으로는 차고 넘치니까 거의 견학 신세지만 그들에게 테리어는 소중한 두목이다. 기다리라는 말이 통할리가.

"지하도 있군요, 이 요새."

"농성용이라든지, 포로를 잡아두기 위한 공간이겠지. 위쪽도 넓었으니까 아직 공화국이 통일되지 않았을 무렵에는 상당히 큰 규모의 요새였을 거야."

일렁일렁 램프의 빛에 비치는 계단은 낡은 분위기라 인공적인 빛과는 대조적이었다.

발밑을 주의하며 내려가자 이윽고 캄캄한 어둠이 우리를 환영했다.

계단을 내려간 곳에는 불빛이 없어서 캄캄했던 것이다.

"……저는 보이지만요."

"아무래도 어둡네. 라이트."

페르노트 씨의 말과 함께 그녀의 손끝에 작은 빛이 켜졌다.

이윽고 빛이 손끝에서 떨어지고 빛나는 눈처럼 둥실둥실 공중을 떠돌며 길을 비추었다.

"아……."

히익, 그런 높은 소리와 비슷한 감촉이 귀를 때렸다.

그것은 지하의 복도를 메아리치는 목소리이자 여성의 비명처럼 들렸다.

"뭔가 들렸어요. 가죠."

"냄새도 그쪽에서 나요!"

쿠즈하의 코도 같은 방향에 반응하고 있다면 그게 정답이겠지.

보이지 않는 곳에서의 습격을 경계하면서도 서둘러서 달려가자 구출 대상이 있었다.

"테리어!"

"어어?! 누가 내 이름을 막 불러도 된다고 했냐! 확 범해버릴까

보다, 이 치녀가!!"

"우와, 어쩐지 예상했던 대답 그대로라서 안심했어요."

테리어는 여성을 하나 깔고 누른 상태로, 그러면서도 내게 엄니를 드러내며 사납게 으르렁거렸다.

아마도 깔려 있는 상대가, 닥스와 치와와가 말하던 도적단의 리더겠지.

도적, 이라고 그러기에는 지나치게 호화로운, 마치 무도회라도 나갈 것 같은 드레스차림은 지하실의 어둠 속에서 더욱 눈부셨지만 어쩐지 언밸런스했다.

"으음, 으으으으음!"

"아앙? 시끄럽네, 목을 부러뜨려 버린다!"

"으, 윽……."

뭔가 하고 싶은 말이 있는지 드레스 여성은 입이 막힌 상태에서도 무어라 목소리를 높였지만 테리어가 한 번 노려보자 금세 입을 다물었다.

"무사했군요, 광대 아저씨!"

"누가 광대냐, 인마!! 그런 착각 좀 그만하라고!!"

"자자, 테리어. 진정하세요."

"원흉이 할 말이냐!!"

너무나도 지당했기에 무어라 대답할지 곤란했다.

"……뭐, 결과적으로 유명한 도적단 하나를 궤멸시켰는데."

207 들개의 긍지

"유명한가요, 저기…… 붕 뜬 드레스 씨는."

"으기이이이이익!"

"아, 죄송해요. 붕 떠 있는 공주님 쪽이 나았나요?"

"으그그?!"

무어라 말하고 싶은 모양이지만 입이 막혀 있어서 무슨 소리인지 알 수가 없었다.

페르노트 씨는 동료를 보는 것 같은, 어쩐지 불쌍하게 여기는 눈빛으로 상대를 보고 말을 꺼냈다.

"일단 말하자면, 그 도적의 이름은 아마노 쿠유리야. ……입고 있는 드레스 형태의 아티팩트가 강력한 걸로 유명해. 분명히 요전에도 시릴 대금고로 쳐들어 갔다고, 신문에서 봤는데?"

"어, 거길 말인가요."

"다행히도 쫓아낸 모양이지만. 최근에는 몇 번이나 습격을 가했다고 그러던데, 마침 우리가 거기에 있었을 무렵에도 왔다던 모양이야."

시릴 대금고는 우리가 마대륙이라는 장소로 건너가기 전에 들른 장소였다.

그곳에서 나는 대금고를 관장하는 정령, 이그지스터에게 어머니로 오인을 당하여 한동안 머무르게 되었다.

물론 나는 이그지스터의 어머니가 아니다. 이 세계의 흡혈귀는 고농도 마력이 의지를 가진 존재로, 그 고농도의 마력을 시릴 씨로부터 받았기에 내 모습이 그녀와 닮았을 뿐이었다.

최종적으로 이그지스터는 '같은 사람의 마력에서 태어났다면 자매'라는 썩 이해가 되지 않는 결론에 다다랐지만 제대로 오해는 풀렸다.

"그러고 보니 거기 있었을 때, 이그지스터가 도적이 어쩌고 그랬던 것 같네요……."

그러니까 그때 이그지스터가 말한 도적이란 그녀가 이끄는 도적단이었던 건가.

뜻밖에도 지인, 그것도 자칭 내 언니인 관계에 있는 사람과 엮여버린 모양이라, 세계는 의외로 좁다고 생각했다.

"……그래서, 어째서 네놈들이 여기 있냐."

"으음, 두 사람한테 부탁을 받았으니까 구하러 왔어요."

"죄, 죄송합니다, 두목님!"

"저흰, 걱정이 되어서……."

"……칫."

기분이 나쁜지 혀를 차면서도 테리어는 최종적으로 불평을 흘리지는 않았다.

"감사의 말은 하지 않겠다. 알겠냐?"

"상관없어요. 테리어한테 부탁을 받은 건 아니니까요."

내가 멋대로 돕겠다고 생각했을 뿐이지 테리어한테 부탁을 받은 것은 아니었다.

오히려 그의 입장에서 보면 바라던 바가 아닐 테니까 감사의 말을 건네고 싶지는 않겠지. 무언가 보답을 받으려던 것도 아니니까 그걸로 됐다.

"다친 곳은 없나요?"

"다치진 않았어. 하마터면 세뇌를 당하려던 참이었지만……. 그건 어차피 네가 한 짓이겠지."

"예. 회복 마법으로, 요새 전체의 저주를 풀었으니까요."

"칫. 여전히 치녀 주제에 터무니없는 짓을 해대는군……."

"그러니까 치녀가 아니라니까요."

정정하는 말을 던져봤지만, 테리어는 흥 코웃음을 칠 뿐, 상대해주지 않았다.

그런 상대에게도 명랑하게, 오히려 신이 나서는 꼬리를 흔들며 쿠즈하가 말을 건넸다.

"광대 씨, 오랜만인 거예요!"

"그—러—니—까! 광대가 아니라고 했잖아!"

"그러네, 어찌 봐도 도적단으로 보여. 이번에는 아르제의 체면을 봐서 못 본 걸로 해주겠지만."

"……오드 아이 성기사님께서 뭘 하고 앉았냐."

"묻지 말라고…… 스스로도 설명하기 어려우니까."

테리어는 한눈에 페르노트 씨의 정체를 꿰뚫어 본 모양이었다.

차분한 태도도 포함해서 역시나 리더라고 해야 할까.

"죄송해요, 잠깐 그들과 둘이……라고 할까, 넷이서 대화를 하게 해줄래요?"

"괜찮나요, 아르제 씨?"

"이 세계에 태어나서 가장 오래된 지인이니까요."

그때의 피해자인 제노 군이 있었다면 이야기가 복잡해졌을지도 모르겠지만, 이러니저러니 해도 다른 사람들은 나와 도적단이 어떻게 만났는지 모른다.

아오바 씨와 페르노트 씨의 어른 팀은 살짝 난색을 표했지만 최종적으로는 내게 맡겨 주었다.

다들 우리한테서 떨어진 것을 확인한 뒤, 나는 다시금 테리어를 돌아보고,

"자, 그럼……."

"……무슨 용건이냐, 치녀."

"아뇨, 물어보고 싶은 게 조금 있어서요. ……쿠온이라는 말, 짚이는 바가 있겠——."

——말을 마지막까지 꺼내기 전에, 은색이 번쩍였다.

목덜미에 댄 나이프에 살짝 손을 대서 흘려낸 다음, 나는 조금 거리를 벌렸다.

진심이 아니라는 건 안다. 그저 반사적으로 대응해버렸을 뿐이었다.

"……짚이는 게 있는 모양이네요."

"어째서 네놈의 입에서 그게 나오지. 설마 너, 추격자인가?"

테리어가 명백하게 경계심에 찬 험악한 분위기를 드리웠다. 등 뒤의 두 사람도 마찬가지였다.

역시 그들은 쿠온과 관계가 있고, 그러면서도 지금은 엮여 있지 않다는 뜻이겠지.

"아뇨. 그저 저도 쿠온의 관계자라고 할까…… 저쪽의 동료는 아니지만요."

"뭐라고? ……아버님의 실험체 같은 거냐?"

"……그런 거예요."

실제로는 다르지만 제대로 설명하려고 하면 전생에 대한 이야기부터 꺼내야 하니 적당히 이야기를 맞춰두기로 했다.

쿠온의 실패작, 그런 의미에서는 실험체라는 말도 그렇게 틀린 소리는 아닐 테고.

"……허. 세계는 좁군. 그때의 인연이 설마 이렇게 이어질 줄이야."

"예. 저도 놀랐네요."

"……그걸 확인하기 위해서 일부러 온 거냐?"

"뭐, 그것도 있지만요……. 단순히 아는 사람을 그냥 버려둔다면 맘 편하게 낮잠을 잘 수가 없으니까요."

솔직한 이유를 이야기하자 풀썩, 상대의 자세가 무너졌다. 역시나 일일이 리액션이 광대 같아서 재미있다.

테리어는 살짝 어이없다는 표정을 띠면서도 내가 진심이라고는 생각한 거겠지. 그는 살짝 찡그린 눈으로 나를 보며 말을 꺼냈다.

"……우린 아버님이 만든 전투 부대다. 사냥개 부대라고 하지."

"예. 시바 씨라는 사람한테 그렇게 들었어요."

"시바인가……. 아직 살아있었군, 그 녀석은."

그립다는 눈빛을 머금은 것은, 아주 잠깐.

눈 깜박할 사이에, 테리어는 평소의 어쩐지 기분 나빠하는 표정으로 돌아와 버렸다.

"나는, 강아지처럼 사육당하는 건 사양이야."

마치 내뱉는 것 같은 그 말에서 테리어가 진심이라는 게 엿보였다.

닥스와 치와와도 마찬가지로, 명백하게 싫은 일을 떠올리는 걸 알 수 있었다.

그들에게 좋은 추억이 아니다. 그런 의미겠지.

"들개 쪽이 나아. 누군가를 위해서 쓰고 버려지다니 시시하다고. 자신의 목숨은 자신이 사용한다. 우리의 목숨은 우리 거야."

"……그런가요."

어째서일까. 그들과 만났을 때부터, 어쩐지 보고 있으면 안심하고 만다.

지금도 그랬다. 그들의 처지를 알고, 쿠온과의 인연을 알고, 그러고서도 여전히 나는 그들을 보고서 어쩐지 안도하고 있었다.

쿠온이라는 장소와 엮여 있으면서도 자신의 뜻을 확실하게 말하는 모습이 어쩐지 눈부시다는 생각마저 해버렸다.

"알겠어요. 그럼, 저희는 갈게요."

"……너는 어쩌려는 거냐."

"제국으로 갈 거예요. 가서, 매듭지을 일이 있으니까요."

이제까지 망설였던 말이, 간단히 입 밖으로 나왔다.

물어보고 싶다든지 가야만 한다든지, 그런 게 아니라 매듭을 짓는다.

나는 그 사람을, 쿠로가네 씨를 만나서 쿠온이라는 장소와 매듭을 지어야만 한다.

입 밖으로 꺼내어 봤더니 그 말은 생각했던 것보다도 가슴에 확 와 닿았다.

납득할 수 있었으니 이 이상은 아무것도 없다. 들어야 할 것은 들을 수 있었으니까.

"그럼 테리어, 닥스, 치와와. 다녀올게요."

"……기다려라."

"? 왜 그러나요?"

"……여기서부터는 제국의 병사들이 어슬렁대고 있다. 영토로 진입해서 깊숙이 들어갈 수 있다면 어느 정도는 괜찮을 테지만 국경…… 아니, '예전'의 국경 근처는 전투가 많지."

"네, 그렇겠죠."

전쟁이 시작되어 국경은 더 이상 의미가 없는 것이 되어버렸다.

그럼에도 역시나 이 부근이 경계다. 아무래도 공화국과 제국이 부딪치는 지역은 늘어난다. 우리는 그것을 가능한 한 피해서 제국으로 향하고 있었다.

"소란은 피해서 조용히 넘어갈 생각이지만, 뭐, 붙잡힐 것 같다면 어떻게든 할게요."

"그러니까 계획은 없다는 소리지. 어쩔 수 없군."

"예?"

"자, 이놈들아!"

"예이! 두목님!!"

"알았슴다! 두목님!!"

그 다음부터는 익숙한 흐름이었다.

"사슬낫의 치와와!"

"폭탄의 닥스!"

"투척 나이프의 테리어!"

""""셋이 모여 테리어 도적단!!""""

"평소 그대로 광대야……!"

""""누가 광대냐, 인마!!!""""

이제는 이 흐름, 약속된 전개라는 느낌이었다. 마무리 포즈를 취한 세 사람이 동시에 내게 딴죽을 걸었다. 여전히 사이가 좋았다.

테리어는 나를 한바탕 노려보고는 크게 한숨을 내쉬고 내게서 등을 돌렸다.

"가라. 우리는 지금부터, 이 부근에서 일을 하겠다."

"어어, 그건……. 시간을 벌어주겠다는 건가요?"

"착각하지 말라고. 거기 묶여서 굴러다니는 아마노는 제국에서도 범죄자야. 이 근처에서 한바탕 설치다 보면 제국이든 공화국이든 알아차리고 붙잡으려 들 테지. 게다가 원래 우리는 이 부근에서 악행을 저지를 생각이었다. 알겠나, 그런 거니까 착각하지 말라고."

"두 번이나 못을 박았어……. 츤데레 광대야……."

"너 정말로 지독한 꼴을 한번 당하는 게 낫지 않겠냐. 칫, 어쨌든 그런 이야기다. 제국으로 갈 거라면 멋대로 가라! 알겠냐!"

"……고마워요, 테리어."

"……흥. 그리고 네가 가지고 있는 칼. 알고 있을지도 모르겠지만, 그건 자매도다. 한 자루는 내가 알기로는 제국에 있지. 최대한 주의하란 말이다."

"예, 고마워요. 여러분도 몸조심해요."

"켁. 가자고, 자식들아."

감사의 말을 받아들일 생각은 없는 모양이라, 테리어는 여전히 기분 나쁘다는 태도로 발길을 돌려버렸다. 이 이상 할 이야기는 없다, 그런 뜻이겠지.

그대로 보낼까 싶었더니 닥스, 치와와는 내 쪽으로 다가와서 깊이 머리를 숙였다.

"……치녀. 고맙다."

"두목을 구해줘서 감사한다고, 치녀."

"상관없어요. 저도 내버려두고 싶지는 않았을 뿐이니까요. 그리고 치녀가 아니에요. ……제 이름은 아르젠토 밤피르. 쿠온과는 관계가 없는, 그저 게으름뱅이 흡혈귀예요."

이미 몇 번째인지 모를 정정이지만, 아마도 그들이 내 이름을 불러줄 일은 없겠지.

그들에게 나는 치녀이고, 내게 그들은 광대다. 쿠온과 엮여 있든 없든 관계없이 그걸로 됐다. 그리 생각한다.

여도적을 질질 끌고서 떠나는 테리어 도적단을 배웅하고 나는 한숨을 내쉬었다.

"또 어디선가 만날 수 있을까요."

그때는 모든 것이 끝나고 조금 더 느긋하게 대화를 나눌 수 있을까.

"좀 더 자세히 말하자면 그 무렵의 나는 누군가에게 보살핌을 받으며 삼시세끼 낮잠 간식과 흡혈이 딸린 생활을 하고 있다면 좋겠는데요."

"여전히 그거, 포기하지 않는구나."

"아, 페르노트 씨."

아마도 멀어진 척하며 근처에서 상황을 보고 있었을 테지.

불쑥 나타난 페르노트 씨는 살짝 어이없다는 표정으로 나를 보면서도 테리어 도적단에 대해 깊이 물어보지는 않았다.

"……이야기는 끝난 거지, 아르제?"

"예. 충분히. 갈까요, 페르노트 씨. 지금부터 그들이 제국의 눈을 조금은 끌어준다고 그러니까요."

"……테리어 도적단이라면, 셋이라는 적은 숫자로 세계 여기저기를 떠들썩하게 만든 실력 있는 도적단인데."

"저건 그런 설정의 광대예요."

"그 포즈를 보면 납득될 것 같으니까 곤란하네……."

미묘한 표정인 페르노트 씨를 데리고 나는 마차로 돌아가기로 했다.

앞길은 아직 길겠지만 아주 잠깐은 편하게 갈 수 있을 듯했다.

208 제국의 품속으로

"……음."

눈을 뜨자 차가운 공기가 밤이란 걸 알려주었다.

테리어 도적단과 헤어지고 곧바로, 나는 마차에서 새근새근 잠들어 버렸다.

무슨 일이 있다면 누군가가 깨워줬을 테니까, 그러지 않았단 건 문제없이 제국의 영토로 들어온 거겠지.

마차는 흔들리지 않았다. 오늘은 여기서 쉰다는 걸까.

벌떡 일어났더니 아오바 씨를 제외한 모두가 모포를 덮고서 잠들어 있는 모습이 보였다. 마차 안은 어두웠지만, 흡혈귀의 눈이라면 간단히 볼 수 있었다.

"……아오바 씨가 불침번을 서주고 있었군요."

마차에서 훌쩍 내려오자 예상하던 상대가 있었다.

딸랑, 방울 소리가 울리고 상대가 이쪽을 봤다.

"어머, 긴…… 아르제 씨. 잘 잤나요."

"수고하시네요, 아오바 씨. 네구세오도 깨어 있군요."

"그래, 대화 상대를 해달라고 했지."

"……아오바 씨, 네구세오의 말을 알아듣나요?"

"동물과 이야기할 수 있을 정도의 언어 번역은 저도 가지고 있어요. 그렇지 않았다면 숲의 여왕을 할 수 있을 리가 없잖아요."

듣고 보니 납득이 갔다.

아오바 씨는 왕국 외곽에 있는, 강력한 몬스터가 잔뜩 있어서 마의 숲이라 불리는 장소를 통치하여 나라를 만들었다고 한다.

어느 정도의 언어 번역 스킬이 없다면 애당초 나라로서 성립될 수는 없으니까 당연히 가지고 있겠지.

그러니까 네구세오에게 아오바 씨는, 나 말고도 말이 통하는 상대라는 건가.

"무슨 이야기를 하고 있었나요?"

"네 고생담이다."

"제 고생담……?"

"예, 아르제 씨의 고생담."

"그렇군요, 잘은 모르겠지만 즐거워 보이니까 잘됐네요."

공통적인 화제가 있다는 건 좋은 일이다. 둘 다 어쩐지 즐거워 보이니까 파고드는 건 그만뒀다.

밤이 되어서 차가워진 초목의 냄새를 들이마시며, 나는 무의식적으로 두 사람 곁에 앉았다. 네구세오도 아오바 씨도 아무 말도 없었기에 자연스럽게 우리는 나란히 앉았다.

"아오바 씨는 안 자나요?"

"사실 알라우네는 잠을 안 자거든요."

"예?!"

그 말에는 역시나 놀라고 말았다.

이제까지 아오바 씨와 여행을 하면서, 그녀는 밤이 되면 항상 풀을 짠 침대나 지붕이 있는 공간을 준비해 주었다.

알라우네는 잠을 안 잔다면 그건 굳이 나 하나를 위해서 준비했다는 의미였다.

"혹시 이제까지 잘 때에 침대 따위를 만들어 준 건…… 저 하나를 위해서였나요?"

"그래요, 그런 거예요. 정말이지, 다정한데 둔감하다니까요. 이제야 깨달았군요?"

"그렇다고, 아르제. 너는 조금 더 신경을 써야 할 부분이 있다고 생각한다."

"으……."

"뭐, 그렇게 됐으니까요. 이렇게 불침번도 항상 서고 있어요. 그렇다고 할까, 오늘까지 그걸 깨닫지 못하고 매일 밤 쿨쿨 잤다는 소리군요, 아르제 씨는."

"으음, 죄송해요……."

아무리 나라도 깨닫는 게 늦었다고 생각해서 사과하자 아오바 씨는 고개를 절레절레 내저으면서도 미소를 보내온다.

"사과보다도 감사의 말을 해주세요. 그게 더 기뻐요."

"……고마워요."

"예, 천만에요."

잘은 모르겠지만 아오바 씨는 기뻐 보였다.

옆에 있는 네구세오도 음음, 고개를 끄덕이고는 만족스럽게 콧김을 내뿜었다. 아무래도 나도 모르는 사이에 아오바 씨와 네구세오는 친해졌나보다.

"뭐, 됐다. 나는 다른 말 쪽에서 느긋하게 쉬고 있을 테니까 무슨 일이 있다면 불러라."

“어라, 벌써 가버리는 건가요?”

“…………아오바, 괜찮겠나. 이 녀석은 무척 둔감하다고.”

“뭐, 이런 건 단점이라고 할 수밖에 없네요…….”

“단점……?”

“……아무것도 아니다. 둘이서 이야기해라.”

푸후, 기가 막힌다는 듯이 콧김을 내쉬고 네구세오는 떨어져 버렸다.

“……저, 무슨 나쁜 말이라도 했나요?”

“어—…… 아뇨, 뭐라고 할까, 평소 그대로예요.”

“확실히 저는 항상 눈치가 없고 잠만 자고, 아무런 도움도 안 되는 허수아비 같은 존재예요…….”

“그런 말까지는 안 했다고요?!”

아오바 씨는 어흠, 보란 듯이 헛기침을 하고는 다시 나를 봤다.

아무래도 화제를 바꿀 생각인 듯했다.

“그건 그렇고 의외로 편하게 제국으로 올 수 있었네요. 이렇게 안쪽까지 오면 오히려 제국 병사에게 습격을 당할 걱정도 없을 것 같고요.”

“테리어 도적단 덕분이에요.”

문제없이 제국의 영토로 들어올 수 있었던 것은 테리어 도적단의 도움이 있었기 때문이었다.

물론 직접 도와준 것은 아니지만 그들이 제국 병사들의 시선을 끌어준 덕분에 여기까지 전투를 벌이지 않고 들어올 수 있었다.

이미 이곳은 제국의 영토 안. 그저 이동하는 것뿐이라면 의심을 받을 일도 별로 없겠지.

“저희가 알고 있는 곳과는 다르니까요. 번호로 인간을 관리한다든지 그러지도 않고, 신분증 여부 같은 건 애매하니까요.”

“그러네요……. 이런 세계라서 다행이에요.”

우리 세계처럼 개인정보 관리가 제대로 되고 있다면 이렇게는 못 했을 테지.

그런 부분은 아직 발전하는 중이라고 할까, 쿠로가네 씨가 도입한 기술은 아마도 전쟁에 쓸 수 있을 법한 것으로 치우쳐 있을 테지.

“쿠온 가문에서 군사 관련으로 뛰어나다……고 하면 제법 많겠네요. 하지만 쿠로가네라는 이름은 기억에 없어요. 애당초 아르제 씨 말고 이름을 기억하는 사람 따윈 거의 없었으니까요.”

“그런가요?”

“그건 말이죠, 아르제 씨는 제게 그러니까…… 어, 어어…… 소, 소중한 사람이니까요! 그게, 제가 한 꽃꽂이에 항상 제대로 된 감상도 해줬으니까!”

“그런가요.”

아오바 씨는 어째선지 얼굴을 붉히고 마구 쏟아내듯이 말을 꺼냈다.

내게는 차갑게 느껴지는 밤공기지만, 열에 약한 알라우네에게는 이것 역시 더운 걸지도 모른다.

“그, 그보다도 말이죠! 아르제 씨! 페르노트 씨 말로는, 내일쯤 그럭저럭 규모가 있는 마을에 들를 예정이 있으니까 쇼핑을 하도록 하죠!"

"아, 그런가요."

"예, 그녀는 제국의 지리에도 어느 정도 밝은 모양이라……. 그, 그래서, 괜찮다면…… 가, 같이 쇼핑을 가지 않을래요?"

"……쇼핑이라면 저보다 쿠즈하 쪽이 적임자라 생각하는데요."

여행의 짐은 제대로 준비해서 왔지만 내 블러드 박스에는 육류를 수납할 수가 없다.

그 밖에도 여행을 하는 동안에 필요해진 것도 있겠지. 페르노트 씨니까 그러는 김에 정보 수집도 할 생각일지도 모른다.

여하튼 그런 일이라면 쿠즈하처럼 혼자서 몇 사람 몫의 일이 가능한 사람 쪽이 편리하다고 생각하는데.

"으, 아니, 그건…… 그게, 가끔 아르제 씨도 일을 좀 하자고요?"

"……그렇게 말하면 거절하기 어렵네요."

실제로 여행을 하는 동안, 나는 무척 편하게 지낸다고 생각한다.

이동 중에는 거의 잠을 자고, 요리를 한다든지 그러지도 않고. 불침번도 안 서니까 무척 게으름을 피우고 있었다.

그러니까 '가끔씩은 일을 해라'라고 그러면 솔직히 거절하기는 어려웠다. 역시나 친척, 아픈 곳을 찔렀다.

"알겠어요. 그럼 내일, 같이 쇼핑을 갈까요."

"해냈어……!"

"……그렇게나 기쁜가요?"

"어, 아니, 그게, 가, 가끔은 한숨 돌리는 것도 괜찮지 않나요! 저, 태어난 뒤로 대부분 숲에 있었으니까!"

"아아, 그런 이야기라면 알겠어요."

쿠즈하 쪽이 적임자라고는 생각하지만, 흡혈귀도 근력은 강하다. 짐을 나른다면 충분히 도움이 되겠지.

고기를 제외한 물품이라면 블러드 박스에 수납할 수도 있으니까. 가끔은 밖에 나가는 것도 나쁘지 않다.

내일의 약속을 나누고 나는 잠이 들 때까지 아오바 씨와 잡담을 즐기기로 했다.

209 뒷골목의 꽃

"……어쩌다 이렇게 됐을까요."

"무슨 일 있어, 아오바?"

"아뇨, 아무것도 아니에요. 장을 보러 가는데 지리에 밝은 사람이 함께하는 건 옳은 일이니까, 예, 침울할 일 아니에요. 아니다마다요."

어찌된 영문인지 아오바 씨가 투덜투덜 중얼거리지만 쇼핑 자체는 순조로웠다.

들른 마을은 그럭저럭 크고, 언어 번역이 되는 나와 아오바 씨는 문제없이 대화를 나눌 수 있고, 페르노트 씨도 제국의 말은 어느 정도 알고 있는 모양이라 딱히 의심받을 법한 일도 없었다.

"페르노트 씨가 제국의 말이 가능한 거, 꽤 의외네요."

"음— 뭐, 적대국의 암호를 읽거나 그러기도 하니까 말이지."

가벼운 분위기지만 페르노트 씨의 표정은 진지했다.

지금 그녀는 로브를 깊숙이 뒤집어써서 두 가지 색깔의 눈을 주위로부터 가리고 있었다.

그건 물론 전직 왕국 기사라는 신분 때문이겠지. 유명한 만큼, 얼굴이 드러나면 곤란한 상황임을 알고 있는 모양이다.

"애당초, 어째서 장을 보는 데 따라왔나요. 자신의 유명도, 알고 있죠? 지도만 줘도 되지 않나요?"

"내가 유명하다는 건 알기 때문에, 그래. 이번에 나오는 건 그것만이 목적은 아니니까.”

“혹시 정보 수집, 인가요?”

“……뭐, 그에 가까운 일이야. 이렇게 조심스럽게 해야만 한다는 건 조금 본의가 아니지만.”

미묘하게 말끝을 흐리는 페르노트 씨를 바라보며 나는 노점에서 산 꼬치구이를 입에 물었다.

신선한 생선 꼬치는 좋은 향기와 담백한 흰 살 생선의 맛이 났다. 내장을 꼼꼼히 발라내서 뒷맛이 강하지 않은 것도 좋았다. 돌아가는 길에 다른 사람들한테도 사주자.

“……아니, 아르제. 꽤나 태평하네……. 어느새 그런 걸 샀어.”

“우물, 그럴까요? 이건 아까 골목으로 들어오기 전에 가게에서…… 맛있었으니까 나중에 더 사갈게요.”

“……만났을 무렵에는 조금 더 긴장했던 것 같은데, 여행에 익숙해졌구나. 그것도 친구한테 영향을 받았을까?”

어쩐지 기뻐 보이는 페르노트 씨를 보고 나는 고개를 갸웃했다.

“저로서는 그렇게 변했다고 생각하진 않는데요.”

“나쁜 일이 아니야. ……적어도 더 이상 알몸으로 잠들지 않는 건 진보라고 생각하니까.”

“예?! 그게 무슨 이야긴가요, 자세히 이야기해 주세요!”

“저기, 아오바? 가능한 한 눈에 띄고 싶지 않으니까 목소리를 좀 줄여줄래?”

갑작스럽게 잔뜩 흥분한 아오바 씨에게 진정하라고 말하며 페르노트 씨는 인파를 피하듯이 걸어갔다.

당연히 우리는 그를 따라가게 있었기에 천천히 사람들 사이에서 벗어났다.

대부분의 짐은 블러드 박스에 수납했고 육류의 경우에는 아오바 씨가 한꺼번에 덩굴로 옮겨다 주니까 발걸음은 가벼웠다.

서서히 통행량이 줄어드는 것을 느끼며 나는 가능한 한 작은 목소리로 페르노트 씨에게 의문을 던졌다.

"저기, 어디까지 가는 건가요?"

"……공화국에, 그 실실대는 사람한테 들은 게 있어서 말이지."

"아키사메 씨 말이군요."

아키사메 씨는 공화국 정치를 맡은, 요츠바 의회에 소속되어 있는 남성이다.

항상 생글생글해서 어쩐지 종잡을 수 없는 측면이 있지만 빈틈이 없는 사람, 그런 인상이었다.

그런 아키사메 씨가 페르노트 씨에게 무언가 이야기했나 보다.

"……제국의 움직임은 지나쳐. 나라 안은 평온하게 보이지만 세금은 무겁고, 징병도 있고, 전쟁은 끊이지 않아. 황폐해지는 토지에 불만을 가진 사람은 적지 않지. 하물며 이제는 전 세계를 적으로 돌렸으니까 더더욱."

"……그럴 테죠."

"그러니까 반란군에게 연락을 취할 거야."

"반란군…… 인가요."

확실히 얼마 전에 테리어 도적단을 도울 때에 들은 이름이었다.

페르노트 씨는 천천히 고개를 끄덕이고는 말을 이었다.

"그래, 옛날부터 있었거든. 규모는 그렇게까지 크진 않았지만…… 하지만 이렇게까지 상황이 나빠졌다면 반란군도 공공연하게 움직일 수밖에 없을 거야. 여하튼 제국의 선전포고에 있던 대상으로 가장 먼저 이름이 올라갈 테니까."

"가장 처음으로 정리당할 거슬리는 꽃, 이라는 이야기군요."

"그래. ……봐."

페르노트 씨가 손가락이 아니라 시선만으로 가리킨 곳, 뒷골목 더욱 안쪽.

그곳에는 명백하게 초라한 모습을 한 사람들의 모습이 있었다. 누가 어찌 봐도 옷차림을 신경 쓰기는커녕 먹을 것조차 곤란해 보이는, 잔뜩 야윈 사람들이 몇 명이나 있었다.

나이에 무관하게, 그곳은 틀림없는 빈민굴이었다.

"아직 이 마을은 크니까 큰길은 멀쩡해. 하지만 이렇게 조금이라도 길을 벗어나면……."

"무거운 세금이나 징병 등의 생활고 때문에 생긴 고아나 노숙자가 있다, 그런 거군요."

아오바 씨는 한숨을 내쉬며 손을 내저었다.

방울 소리가 울리는 것과 동시에 쉬리릭, 덩굴이 뒷골목 안쪽까지 뻗었다. 사람들은 어깨를 움찔 떨었지만, 그다음으로 벌어진 일에 눈을 부릅떴다.

뻗은 덩굴에 꽃이 잔뜩 피고, 이윽고 차례차례 열매를 맺었다.

성장을 빨리 돌린 것처럼, 집을 가지지 못한 사람들 앞에 과일이 잔뜩 열렸다.

"사람이란, 배가 채워지지 않으면 꽃을 아낄 여유도 사라져요. 가져가세요."

아오바 씨의 말이 울리고 사람들은 쭈뼛쭈뼛하는 모습으로 과일을 땄다.

먼지와 더러운 냄새가 나는 뒷골목은 과일의 달콤한 향기로 뒤덮였다.

"……너무 눈에 띄고 싶지는 않은데."

"사람은 사람다운 취급을 받아야 사람다워져요. 저는 그걸 못 본 체할 수는 없어요. 이건 제 신념이에요."

"……그렇게까지 말한다면 됐어. 미안해, 아오바."

"아뇨. 저야말로 죄송해요. 페르노트 씨의 생각은 알겠지만…… 아무래도 마음에 안 들어서."

"상관없어. 서로 간에 누구 말을 따라야 하는 건 아니잖아. 게다가 나도, 저 상황이 좋게 보이지는 않았으니까."

싸움이 벌어지나 싶었는데 아오바 씨와 페르노트 씨는 서로가 납득한 모양이었다.

깊이 머리를 숙이는 뒷골목 주민에게 가볍게 손을 내젓고 아오바 씨는 걸어갔다. 필요 이상의 은혜를 베풀 생각은 없다, 그런 의미겠지.

"그럼 사전에 얻은 정보에 따르면 이 부근인데……."

"……상당히 부주의하네."

"읏……!"

귀를 핥는 것 같은, 끈적끈적한 말.

등줄기가 오싹한 것은 아주 잠시. 눈 깜박할 시간도 없이 그림자가 다가왔다.

발소리도 없이, 기척도 없이 그저 갑자기 나타난 그림자는 이미 아오바 씨의 목에 뒤쪽에서 손을 대고 있었다.

“우리 뒤를 캐고 다닐 거라면 조금 더 조심해야겠는데.”

“큭…… 아오바?!”

“이런, 움직이지 말라고? 그쪽이 검을 뽑는 것보다도, 아니, 손끝이 움직이는 것보다도 빨리, 나는 이 여자의 목을 취할 수 있으니까 말이지?”

상대의 말에 페르노트 씨가 취하려던 자세를 풀었다.

그 모습을 본 상대는 히죽 웃고――.

“――자, 잡았어요.”

“뭐야?!”

다음 순간, 나는 움직이고 있었다.

상대의 양손을 붙잡고 아오바 씨한테서 떼어냈다.

속도로 따지자면 나도 지진 않는다. 어쨌든 이 몸에 깃들어 있는 스테이터스는 ‘신속 극한’. 덤으로 흡혈귀의 후각은 뒷골목에 감도는 피 냄새를 놓치지 않았다.

오래되어 이제는 떨어지지 않을 만큼 들러붙은, 스며든 본인의 것이 아닌 피 냄새. 소리를 내지 않더라도 존재를 감지할 수 있을 만큼 강렬한 존재감이 있었다.

그리고 무엇보다도, 이미 알고 있는 상대의 냄새였으니까.

“……오랜만이네요, 크롬.”

"허…… 바, 밤피르?!"

과거에 어느 숲에서 만난 소녀.

크롬이 호박색 눈동자를 경악으로 일그러 뜨리면서 나를 보고 있었다.

210 재회의 바람이 분다

"크…… 아아앗!!"

"어라."

붙잡힌 크롬은 예상 밖의 동작을 취했다.

살짝 난폭하게 내 손에서 빠져나가 거리를 벌린 것이었다.

……전에 있었던 일을 기억한다는 건가요.

전에 크롬과 싸웠을 때는, 양손을 붙잡은 뒤에는 블러드 암즈 사슬로 감아서 끝이었다.

나한테서 허둥지둥 떨어진다는 것은 같은 흐름을 경계하는 행동이겠지.

짧은 흑발, 호박색 눈동자. 그리고 '소리를 끊는다'라는 효과를 가진 아티팩트 팔찌.

틀림없이 과거에 싸운 적이 있는 상대, 크롬이었다.

"크롬……이라면 저주의 바람 크롬?"

"알고 있나요, 페르노트 씨."

"란츠크네히트 협회에 등록하지 않고 은밀하게 용병 일을 하는, 뭐, 이른바 위험인물이네. 요인 암살 같은 혐의로 일부에서는 지명 수배도 되어 있어."

"크롬, 정말로 유명인이었군요."

전에 만났을 때에 별칭 같은 이름을 이야기한 것은 허세가 아니었나 보다.

"그건 그렇고, 최근에는 옛 지인이랑 무척 자주 만나네요. 크롬은 왜 여기에?"

"그야 당연히 너를 쫓아온 거잖아! 그 커다란 소한테, 네가 제국으로 갔다고 들었으니까 말이야!"

"아—……."

커다란 소, 라는 것은 우리가 만난 숲에서 수호자 역할을 맡고 있던 오즈왈드 군이겠지.

아마도 내가 숲을 떠난 뒤, 크롬은 리벤지를 위해 돌아왔을 것이다.

그때 오즈왈드 군이 거짓으로 알려주어 그녀는 제국으로 간 거겠지.

결과적으로 나는 제국으로 왔으니까 거짓말이 뜻밖에도 사실이 된 느낌인데, 어쨌든 귀찮은 상대와 만나고 말았다.

일단 지난번의 조우에서는 명백하게 상대는 나를 죽일 생각이었고, 그것을 피한 결과 '이걸로 이겼다고 생각하지 마라'라는 말까지 꺼내버린 것이었다.

"밤피르…… 여기서 네 운도 끝났다!! 이번에야말로 반드시 결판을 내고——."

"——그만두지 않겠어, 크롬?"

목소리가 울린 순간, 당장에라도 내게 덤벼들려던 크롬의 움직임이 뚝 멈췄다.

조용한 목소리의 주인은 크롬의 등 뒤, 뒷골목 안쪽에서 느긋한 움직임으로 나타났다.

“……다크 엘프?”

“정확하게는 다크 엘프와 인간의 혼혈이야.”

내 의문에 대답한 상대는 은색 머리카락을 짧게 잘라서 다듬은 모습이었다.

검은 피부는 다크 엘프의 모습이지만, 리셀 씨와 비교하면 귀가 더욱 길고, 옆으로 뻗어 있었다.

금색 눈동자는 은발과 마찬가지로 검은 피부를 채색하듯 선명했다.

“평범한 엘프보다도 긴 귀…… 하프 엘프의 특징이야.”

“잘 아시네, ‘전직’ 오드 아이의 성기사 경.”

“……낡은 이름을 너무 꺼내지는 않았으면 좋겠지만, 지금은 됐어. 당신이 반란군의 리더겠지?”

“……그래. 긴카 미야마라고 해.”

“어라, 긴카라면…… 사츠키 씨의 지인인가요?”

“은발의 흡혈귀……. 네가, 사츠키 씨랑 크롬이 말하던 아르제, 아르젠토 밤피르인가. 정말로 나랑 똑같이 은발이구나.”

그러더니 긴카라는 상대는 내 머리카락을 만졌다.

거리낌이 없다, 그보다도 지극히 자연스럽게, 그저 여러 나무의 가지를 만지는 것 같은 그 움직임에는 아무런 표리도 없는 것처럼 보였다.

상대의 키는 페르노트 씨보다도 더욱 크고 하프 엘프이기도 해서 늘씬한 인상이 있으면서도 가슴만큼은 무척 컸다.

무표정해 보이지만, 금색 눈동자가 흥미 깊게 흔들리는 것이,

실제 표정은 비교적 풍부하게 보였다.

“착한 아이인 것 같잖아. 뭘 그렇게 화내는 거야, 크롬.”

“이 녀석이 나보다도 빠르다 그러고, 내 피를 빨았다고! 용서할 수 있겠냐!!”

“실제로 지금 크롬보다 빨랐어.”

“긴카아아아……?”

살의를 뿜어내기 시작한 크롬을 워워, 그런 느낌으로 가볍게 상대하며 긴카 씨는 이쪽을 돌아봤다.

“아키사메 씨…… 그리고 사츠키 씨의 소개로 여기까지 왔다는 건 알아. 우리 반란군한테 무슨 용건이지?”

가벼운 분위기로 꺼낸 것은 익숙한 이름.

……사츠키 씨도 말인가요.

아키사메 씨가 손을 써주었다는 건 어찌어찌 이해했는데, 사츠키 씨도 맞물려 있었나 보다.

헤어지기 전에 긴카 씨의 이름을 알려 준 것은 이런 이유였을지도 모르겠다.

페르노트 씨는 진지한 표정으로 상대와 마주보고 입을 열었다.

“제국 수도를 함락시키는 걸 도와줬으면 해.”

“……직설적이네.”

“에둘러서 말해봐야 어쩔 수 없잖아.”

지당하다고 생각했는지 긴카 씨는 입을 다물었다.

잠시 생각하는 듯한 동작을 두고, 하프 엘프 여성은 공중으로 말을 던졌다.

"시온. 어떻게 생각해?"

"예예~, 불렀나요, 긴카 씨?"

그 목소리에 대답이 돌아온 것과 동시에, 긴카 씨의 어깨에 누군가 나타났다.

갑자기 나타나서는 둥실둥실 유령처럼 떠 있는 그것은 여자아이의 모습을 하고 있었다.

긴 녹색 머리카락과 즐거운 듯 흔들리는 푸른 눈동자. 쿨한 긴카 씨와는 대조적으로 표정이 풍부하고 동안인 소녀였다.

"정령……?!"

"정확하게는 인공 정령이에요, 알라우네 언니. 지금은 시온 카자네라 자칭하고 있어요."

아오바 씨의 말에 가벼운 분위기로 대답하며, 시온이라고 한 정령은 떠 있는 천처럼 스르륵 이동해서 긴카의 품에 안겼다.

"시온은 재미있다고 생각하는데요? 특히 거기 은색 아이랑 알라우네 언니한테서는…… 친숙한 냄새가 나요. 아득한 영원에서 찾아온, 그런 냄새에요."

"……시온이 그렇게 말한다면 반란군으로 초대하지. 협력할지는 자세한 이야기를 들은 다음에 생각할게."

"에헤헤, 역시 긴카 씨. 이야기를 잘 알아듣네요. 좋─아해요♪"

"응…… 나도 시온이 좋아."

"……저기."

"신경 쓰지 마라, 저 두 사람은 항상 이렇거든."

어쩐지 맥이 빠진 크롬과 영문을 모르는 우리는 내버려 두고,

긴카 씨와 시온 씨는 두 사람의 세계로 들어가 버렸다.

리더가 이런 분위기여서야 반란군은 정말로 괜찮을까.

211 의외로 쾌적

의외일 만큼 간단히, 긴카 씨 일행은 반란군의 은거지로 안내해 주었다.

물론 그것은 아키사메 씨나 사츠키 씨가 사전에 이야기를 전하고, 페르노트 씨라는 전직 왕국 기사의 존재가 있었기 때문일 테지만.

마을에서 그리 떨어져 있지 않은 거리에 반란군의 거점이 있었다.

산그늘에 숨듯이 만들어진 거점은 마법을 이용한 결계로 수비되고 있어서 반란군 멤버 말고는 발견할 수 없도록 되어 있다는 듯했다.

"의외로 활기가 있네요."

거리를 나와서 마차를 타고 긴카 씨의 안내에 따라 거점으로 들어와서, 우선 떠오른 감상은 그것이었다.

오가는 사람들은 활기가 있고, 각자가 바쁘게 움직이면서도 즐거워 보였다.

조금 전에 들른 마을의 대로에서 느낀 활기에 지지 않을 만큼, 반란군은 활기찬 분위기였다.

"내일을 알 수 없다고 해서 웃으면 안 되는 건 아니니까."

"예. 그건 중요한 일이니까요. 사람답게 있는다, 그것이 긴카 씨의…… 저희 반란군의 기본 방침이에요."

"……솔직히 거기서는 무척 호감을 느껴요. 아까 뒷골목보다 훨씬 좋네요."

아오바 씨가 어쩐지 안도한 듯 한숨을 흘렸다.

쿠즈하는 흥미 깊게 두리번두리번 여기저기를 둘러보고는 여우색 꼬리를 팔랑팔랑 흔들었다.

리셀 씨가 어쩐지 들떠 있는 것은 절반이라고는 해도 동족인 긴카 씨가 있기 때문일까.

크롬은 계속 나를 노려보는데, 이건 지난번의 인상이 나쁘니까 어쩔 수 없나. 근데 애당초 저번 일도 저쪽에서 덤벼들었는데.

"일단 목욕이라도 하면서 이야기할까."

"목욕탕이 있는 거예요?!"

"그래. 우연히 발견한 천연 온천이야. 덕분에 군의 사기 향상에 도움이 되고 있지."

"다들 좋아하거든요~. 크롬도 들어갈래요?"

"……나는 됐어. 실컷 해."

시온 씨의 권유에 홱, 고개를 돌리며 크롬은 우리한테서 떨어져 버렸다.

……미움받고 있네요.

처음 만났을 때, 크롬보다도 빨리 움직여서 그녀를 굴복시킨 적이 있었다.

무엇보다도 빠르다는 것을 중시하는 그녀에게 그것은 그저 굴욕일 뿐이었나 보다.

"아르제 씨, 빨리 가죠!"

"아, 예. 알겠어요, 쿠즈하."

온천을 좋아하는 쿠즈하의 부름에 나는 대답했다.

나중에 또 대화할 기회가 있으면 좋겠는데, 어려울까.

긴카 씨의 안내에 따라서 우리는 온천 방면으로 걸어갔다.

그렇게 도착한 온천은 유황의 톡 쏘는 냄새가 났다.

"후와아…… 넓은 거예요!"

"제대로 남녀는 구별해 뒀으니까 안심하고 들어가도록 해."

"그럼 감사히 들어가 볼까요."

내 회복 마법으로 정기적으로 몸을 청결하게 하고는 있지만 상쾌한 목욕은 또 별개다.

신이 나서는 옷을 벗기 시작하는 모두를 가능한 한 보지 않으려 하며, 나도 입고 있는 것을 벗었다. 그러고 있는데 묘한 시선이 느껴지는 것을 깨달았다.

"……? 왜 그러나요, 다들. 빤히 쳐다보고."

"어, 아니, 아무것도 아니에요. 계속하시는 거예요."

"그래요. 자, 아르제 씨. 하나만 더 벗으면 돼요!"

"……그렇게 봐도 재미있을 건 없다고 생각하는데요."

어찌된 영문인지 다들 이쪽을 보고 있었다.

내 알몸 따윈 봐도 재밌을 게 없다고 생각하는데.

애당초 그렇게나 잡아먹을 듯이 쳐다보면 부끄럽다. 다들 전부터 이런 식으로 봤던가.

"흠……. 예쁘군, 아르제."

"후, 에……?!"

예쁘다, 그 말을 듣고 뺨이 단숨에 뜨거워졌다.

내 모습이 전생을 거쳐서 절세의 미소녀라 부를 수 있는 정도의 외모라는 건 안다. 알고는 있지만, 그 이야기를 이렇게 정면에서 들어 버리면 부끄럽다는 생각이 든다.

"어, 안 돼요, 긴카 씨. 바람피우는 건가요?"

"걱정하지 않아도, 난 시온이 가장 예뻐. 나의 공주님이니까."

"에헤헤, 긴카 씨 좋아~♪"

말하고 싶은 만큼 말하고, 긴카 씨는 시온 씨와 함께 온천으로 들어가 버렸다.

어쩐지 불편한 적막이 찾아오는 바람에 나는 다른 사람들과 마찬가지로 옷을 벗는 것도 잊었다.

"……너, 너무, 빤히 보지 마세요. 빠, 빨리 목욕탕, 들어가자고요?"

""""귀여워……!!""""

어찌된 영문인지 다들 얼굴을 덮으며 웅크렸다.

무슨 소린지 알 수 없었지만, 결과적으로 시선에서 벗어났으니까 나는 도망치듯이 목욕탕으로 들어가기로 했다.

212 수증기 낀 회의장

"후아……."

따듯한 물의 온도가 조금 전까지의 부끄러운 심정을 조금은 풀어주었다.

막 전생했을 무렵에는 회복 마법으로 몸을 깨끗이 할 수 있으니까 목욕을 하는 것도 귀찮다고 생각했지만, 최근에는 목욕의 상쾌함이 무척 좋아졌다.

"그래서 반란군은 결국에 협력해 주는 걸까?"

"우선은 이야기를 들은 다음에. 성공률이 낮다고 생각되면 거절해야겠어."

"……그런 것치고는 간단히 거점으로 들여보낸 것 같은데요."

"요청을 거절한다고 해도 딱히 너희가 제국에 우리의 거점을 밝힐 거라 여겨지진 않으니까 말이야."

물 위에 떠 있는 시온의 머리카락을 살랑살랑 손가락에 감으며 긴카 씨는 그리 대답했다.

……서로의 목적, 이니까요.

설령 협력할 수 없다고 해도 서로의 목적이 제국 수도에 있다는 것은 분명했다.

그렇다면 서로 적대할 이유도 없으니, 거점에 대해서도 누설할 일은 없다, 그런 의미겠지.

"……거기 아이가 어리광을 부리니까 우리를 데려온 건 아니구

나. 조금 안심했어."

"걱정할 필요 없어. 8할의 이유는 시온을 아끼는 것뿐이야."

"급격하게 걱정되잖아……!"

긴카 씨에게는 그쪽이 중요했나 보다.

"사이가 좋군요."

"물론이죠. 긴카 씨는 저의 왕자님이니까요."

"응. 시온은 나의 공주님이지."

실 한 오라기 걸치지 않은 모습으로도 서로의 피부 감촉을 확인하듯이 찰싹 달라붙어 있는 두 사람은 어찌 봐도 러브러브했다.

딱 봤을 때는 여성 사이로 보이지만, 시온 씨 쪽은 자세히 보면 '아무것도 없었다'.

……무성(無性)인가요.

흡혈귀도 정령에 가까운 종족이지만 다른 정령에 대해서는 잘 모른다. 적어도 나는 여자아이고, 이그지스터도 그렇겠지.

인공 정령이라고 그랬는데, 그렇다면 이그지스터와 마찬가지로 누군가에게 만들어졌다는 의미다. 그 과정에서 성별은 필요 없다고 취급되었다. 그런 걸까.

본인들이 공주님이라고 그러는 이상, 여성으로 취급하면 될 테지만…….

"아르제 씨, 저 사람……."

"예, 조금 신경 쓰이네요."

그녀는 나와 아오바 씨를 가리켜서 '영원에서 온 것 같다'라고 그랬다.

영원, 즉 쿠온(일본어로 영원을 가리키는 단어 중 하나인 久遠은 큐엔과 쿠온, 양쪽으로 읽을 수 있다). 그 부분이 아오바 씨도 걸렸을 테지. 설마 이 사람도 원래는 쿠온의 관계자였다든지 그런 걸까.

"후우, 기분 좋네요……."

단 하나, 상황을 거의 이해하지 못한 리셀 씨는 마음 편하게 목욕을 즐기는 모양이었다.

어려운 이야기는 내가 나중에 하면 되니까 상관없겠지.

"그래서 구체적으로는 어떻게 수도를 함락시키지?"

"지금은 제국의 병사도 여기저기로 나가 있으니까 다소나마 허술하겠지?"

"주위는 말이야. 아무리 그래도 수도까지 그렇지는 않아. 직속 부대인 사냥개들과 흡혈귀 병사들이 밤낮을 가리지 않고 가득해."

"그래도 흡혈귀 병사들이 낮에는 못 움직이니, 낮이 더 허술한 거예요?"

"……안타깝지만 제국은 낮에도 항상 밤이야."

"낮에도 밤……?"

물음표를 띄운 쿠즈하에게 시온 씨가 천천히 고개를 끄덕이고,

"아티팩트의 효과예요. 그곳은 항상 달이 떠 있는 것과 같은 상태로 되어 있어요."

"……그러니까 언제 가도 흡혈귀가 있다는 소리네."

기대가 어긋났다, 그런 느낌으로 페르노트 씨가 한숨을 내쉬었다. 그것만으로도 가슴이 흔들리니까 여전히 볼륨이 굉장하다. 물 위에 떠 있으니까 더더욱.

“그렇다면 바다 쪽으로 들어가는 것도 어렵겠네. 제국은 바다와 접해 있기도 하니까 배로 상륙, 그런 방법도 생각했는데.”

“흡혈귀는 하늘도 날 수 있으니까 그대로 침몰하고 끝이네요~.”

“……더더욱 반란군에게는 도움을 받고 싶은 참이네.”

“한 번의 반란 작전으로 수도를 함락시키는 정도가 아니라면 곤란해. 소모전은 불리하니까.”

반란군의 규모가 어느 정도인지는 모르겠지만 수적으로도 질적으로도 제국 쪽이 우위겠지.

오랫동안 전쟁을 벌일 수 있을 정도이니 사람도 충분할 테고, 무엇보다도 상대에게는 쿠온 가문의 기술자가 있다.

“그런 건 이쪽도 마찬가지야. 숫자는 보다시피 이것뿐인걸.”

“상황은 일치한다는 건가.”

“실력이 불안하다면 시험해 봐도 된다고?”

“……그렇군. 그것도 나쁘지 않겠지.”

어른들끼리 나누는 대화이기도 해서 그런지 이야기가 빨랐다.

참방, 물소리를 내며 페르노트 씨와 긴카 씨가 욕조에서 일어섰다.

“시온, 느긋하게 몸 담그도록 해.”

“예—. 나중에 갈게요, 긴카 씨!”

“너희도 느긋하게 있어. 내가 해둘게.”

“예, 페르노트 씨. 잘 부탁해요.”

느긋한 분위기로 두 사람은 목욕탕에서 나갔다.

“후후, 고지식한 사람들끼리 마음이 맞는 걸까요?”

상황을 즐기는 것처럼 시온 씨가 웃음소리를 흘렸다.

213 아이덴티티

"후후후."

즐거운 듯 웃으며 시온 씨는 부유. 수증기처럼 둥둥 떠서 이쪽으로 다가왔다.

둥실 감도는 달콤한 향기는 그녀의 향기겠지. 이쪽으로 얼굴을 가져다 댄 시온 씨는 더욱 깊이 웃으며,

"후후, 듣고 볼수록 재미있는, 영혼의 음색……."

"음색……?"

"조금만, 초대할게요."

키잉, 쇠 장식을 부딪치는 것 같은 높은 소리가 났다.

그 순간, 모든 것이 정지했다.

물에서 놀던 쿠즈하도, 온도를 즐기던 리셀 씨도, 물보라조차도 멈췄다.

움직이는 것은 나와 아오바 씨. 그리고 아마도 이 현상을 일으킨 범인인 시온 씨뿐이었다.

"이건……."

"시온 특제, 자그마한 퍼스널 스페이스예요. 한정된 공간에서밖에 못 열지만요. 물의 온도도 미지근해지니까 알라우네 언니한테도 괜찮죠?"

시릴 대금고에서도 비슷한 일이 있었던 것을 떠올렸다.

무언가 스킬이나 마법을 이용했을 테지만, 한정적이라고는 해

도 시간이 멈춘 듯한 공간까지 만들 수 있다니 굉장했다.

“확실히 그다지 뜨겁지는 않게 되었네요. ……그래서, 그곳으로 저와 아르제 씨만 부른 이유는, 역시 쿠온과 관련이 있나요?”

“후후, 역시 알아차려 버렸나요. 쿠온 언니와…… 그쪽 사람은 오빠인가? 영혼의 색깔이 남자에 가까워요.”

“……거기까지 알 수 있군요.”

솔직히 말해서 놀랐다.

마치 처음부터 알고 있었던 것처럼 시온 씨는 우리에 대해서 술술 정답을 맞힌 것이었다.

“어쩌면 그쪽도 전생자인가요……?”

“아뇨. 시온은…… 인공 정령이에요. 아버님…… 쿠로가네 쿠온이 만든 생물 병기에요.”

“생물 병기……?!”

시원스러운 표정으로 폭탄을 떨어뜨렸다.

시온 씨는 우리가 놀란 표정을 한 것에 만족했는지 후후, 가벼운 분위기로 웃었다.

“뭐, 알기 쉽게 말하자면 전쟁용으로 태어난 병기예요.”

“병기…… 이런 귀여운 아이가?”

“아버님은 마음의 존재가 병기나 인간에게 무엇을 초래하는지에 흥미가 있었거든요. 사냥개 부대나 저는 그 실험체…… 이른바 테스트 케이스라는 녀석이에요. 이 모습도 좋은 정신을 나타내기 위해서 귀엽게 디자인한 거라고 그래요.”

느긋이 미소를 무너뜨리지 않고 시온 씨는 이야기했다.

……그런 것, 인가요.

쿠온에 대해서 잘 아는 것은, 시온 씨가 쿠온에게 만들어졌기 때문이었던 것이다.

"하지만 그렇다면 어째서 반란군에……?"

"아버님은 자신의 연구 결과, 전쟁에 마음은 유용성이 없다고 판단했어요. 그렇기에 정신성이 낮은 흡혈귀를 세뇌해서 새로운 병사를 만든 거예요."

"……필요가 없다고 여겨졌다, 그런 이야긴가요."

"예, 그런 이야기네요. 반항적인 태도이기도 해서 폐기 처분될 뻔했던 저를 긴카 씨가 구해줬어요. 그래서 긴카 씨는 저희 왕자님이에요……."

그때를 떠올렸을 테지. 시온 씨는 꿈꾸는 소녀 같은 표정으로 뺨을 물들였다.

행복해 보이는 그 얼굴은 도저히 생물 병기로 여겨지지 않았다. 그저 한 사람의 소녀로밖에 안 보였다.

"……그랬나요."

"예. 시온이 당신들을 꿰뚫어 본 것은 아버님께 그런 '눈'을 받았기 때문이에요. 영혼의 음색이 보이는 눈……. 언젠가 다른 전생자, 그것도 자기 가문에서 전생자가 나타나지는 않을까, 아버님은 계속 경계하고 있었으니까요."

사냥개 부대 사람들은 전생자에 대해서는 모르는 모양이지만 시온 씨 쪽은 알고 있었나 보다.

즉, 그녀는 전생자에게 대항하기 위해 만들어졌을 테지. 능력적으로도, 병기로서도.

"뭐, 지금 시온은 아버님의 병기가 아니라 반란군의 일원이니까요. 아버님이 위험시하는 쿠온의 전생자 분들이라면 꼭 동료로 끌어들이고 싶구나, 해서."

"……그런 의미에서도 이해가 일치한다는 거네요. 서로가 쿠온을 알고 있으니까."

아오바 씨가 말했다시피 우리는 서로의 사정을 알고 있는 사이다.

그렇기에 협력하고 싶다면 우리로서도 바라 마지않는 이야기이기도 했다.

전생에 대해서 이야기할 수 있는 상대는 적다. 이쪽의 사정을 아는 동료가 늘어나는 것은 기쁜 일이었다.

"……그렇다면 서로가 동료들을 납득시켜야만 하는데요."

"후후후. 긴카 씨는 강하다고요~. 뭐, 그쪽이 지더라도 제가 거들어 줄 테니까요."

"……구경이나 하고 있어라?"

"후후, 그런 건 아니지만요. 아니면 진심을 발휘해 볼까요?"

"……대충하라고 그러면 마음에 들지가 않는 성격이라서요. 꽃은 언제일지라도 피어나는 방법을 고르지 않으니까요."

어라어라, 어쩐지 분위기가 험악해지지 않았나요?

214 고집쟁이들의 북새통

목욕을 마친 우리를 시온 씨가 훈련장으로 안내했다.

훈련장은 야외에 있고, 마법 등의 피해를 상정해서 그런지 엄폐물 따위는 거의 놓여 있지 않았다.

무척 사람이 많았지만, 훈련을 하는 건 아니고 어쩐지 잔뜩 들뜬 분위기였다.

"……어쩐지 묘하게 달아오른 분위기 아닌가요?"

"모의전을 기대하는 거겠죠. 다들 오락을 좋아하고, 긴카 씨가 싸운다는 것만으로 사기가 오르니까요."

그렇구나. 그러니까 이 열기는 반란군의 리더가 경애를 받는다는 증거이기도 하다는 이야기인가.

"그럼 저는 긴카 씨 쪽으로 갈게요."

둥실 떠올라서 시온 씨는 긴카 씨 옆으로 이동했다.

긴카 씨는 당연하다는 듯이 공주님 안기로 맞아들였다.

"그래서, 규칙은 어떻게 하지? 힘을 보여 달라고 그래도……모의전이겠지?"

"그럴 생각이야. 나는 무가 출신이라서, 개인적으로도 오드 아이 성기사의 실력에 흥미가 있거든."

"성기사라는 건 어디까지나 예전 이야기야. 너무 기대하지는 않았으면 좋겠어. 나도 미야마라는 가문은 어느 정도 알고 있으니까."

아무래도 서로가 면식은 없어도 아는 사이인 듯했다.
긴카 씨는 이쪽을 흘끗 보고 말을 꺼냈다.
“저기 아이들은 어떻게 하지?”
“나랑 당신만 붙으면 되잖아?”
페르노트 씨의 말에서는 넌지시 너희는 싸우지 말라는 의사가 엿보였다.
어린 우리를 배려해주는 거겠지.
실제로 페르노트 씨는 이 자리에서 가장 싸움에 익숙할 테니까 적임자라 할 수 있다.
“흠…….”
그 말에 긴카 씨는 잠시 생각하는 모습을 보이고, 그때 시온 씨가 귓속말을 했다.
은색 머리카락을 흔들며 고개를 끄덕이고 긴카 씨는 다시 입을 열었다.
“……우리는 둘이서 싸우니까, 거기 알라우네 여성도 같이했으면 좋겠는데.”
“……그렇다고 하네. 아오바, 괜찮을까?”
“예, 괜찮아요. 운동이라도 좀 하고 싶던 참이었으니까요.”
페르노트 씨의 요청에 가벼운 태도로 응하여 아오바 씨가 앞으로 나섰다. 조금 전에 시온 씨에게 들은 말을 신경 쓰는지 의욕이 가득한 모습이었다.
지명이 없었으니까 내 쪽은 느긋하게 있도록 하자.
“죽지 않을 정도의 부상으로 부탁할게요. 그러면 치료할 수 있으니까.”

“예. 그보다도 아르제가 없었다면 거절했어. 큰일을 치르기 전에 큰 부상을 당할 수는 없잖아.”

역시나 페르노트 씨, 어른스러운 냉정한 의견이었다.

“그럼 저는 잘 테니까 끝나면 깨워주세요.”

“무슨 일이 있으면 곤란하니까 아무리 그래도 좀 봐.”

“으으, 귀찮아…….”

이런 전개는 그다지 흥미가 없다고 할까, 솔직히 말해서 나랑 안 맞는다고 생각한다.

조금 전의 대화로 결국은 반란군과 협력할 수 있겠다는 것은 알았으니까 적당히 해도 된다고 생각하는데.

“죽이지는 않는다지만 힘을 빼지도 마, 아오바.”

“물론이에요. 상성도 괜찮다고 생각하니까요.”

확실히 아오바 씨가 말하다시피 두 사람은 상성은 나쁘지 않겠지.

덩굴이나 마화로 지원 능력이 높은 알라우네와 공격력이 높은 ‘전직’ 성기사 페르노트 씨.

급조 콤비지만 내가 봐도 전투는 쉽게 치를 것 같은 두 사람이었다.

“무기는 어떻게 하지? 목검이라도 쓸까?”

“진검으로 됐어. 이쪽도 죽이지는 않겠지만, 진심으로 할 거니까. ……시온.”

“예. 긴카 씨.”

이름을 부르자 시온 씨는 긴카 씨에게 다가갔다.

새하얀 피부의 인공 정령과 갈색 하프 엘프.

선명한 대비의 두 사람은 마치 태어났을 때부터 그랬던 것처럼 지극히 자연스러운 동작으로 양손을 맞잡았다.

“‘액세스.’”

두 사람의 목소리가 동시에 울리고 하늘로 퍼졌다.

그 순간, 막대한 양의 빛이 발생하여 주위를 집어삼켰다.

“윽……!”

그 빛에 눈을 찡그린 것은 아주 잠깐.

그 시간만으로 그녀들은 모습이 바뀌었다.

딱딱하고 검게, 그리고 날카롭게. 온몸을 뒤덮은 갑주 같은 모습은 갑각류나 곤충처럼도 보였다.

은발이 터져 나오며 갈기 같은 형상으로 머리를 장식했다.

휘잉, 높은 소리를 내며 머리에 금광(金光)이 번쩍였다.

“강화복……?!”

마치 특촬 히어로처럼, 혹은 SF의 로봇처럼.

하프 엘프와 인공 정령, 두 사람은 하나의 모습으로 변신했다.

어깨에 둥실 떠오른 것은 SD 사이즈로 데포르메된, 손바닥 사이즈의 시온 씨.

“……유그드라실급 흑룡의 유해를 재료로 탄생된 아티팩트에 깃든 인공 정령. 그것이 저예요. 이 형태는 미니 시온이라 불러주세요.”

“이 갑옷의 이름은『흑요(黑曜)』. 그리고 그 힘은…… 지금부터 보여주지.”

““자, 넘어설 수 있다면, 넘어보도록 해라!!””

둘이서 싸운다.

그것은 그 말 그대로, 그들 두 사람이 하나의 존재가 된다는 의미였던 것이다.

하나의 존재가 된 두 사람의 모습에 주위에서는 환호성을 터뜨렸다.

시온 씨의, 긴카 씨의, 그리고 흑요의 이름을 부르는 목소리가 열광이 되어 퍼져나갔다.

“……단순히 전투력이 높다는 이유만은 아닌 것 같네요.”

“멋있는 거예요!”

쿠즈하가 잔뜩 들뜬 것처럼, 그 모습은 무척 시선을 끌었다.

하나가 된 그들의 모습이, 반란군에게 희망의 상징이란 의미겠지.

……기계와 생명의 융합인가요.

아티팩트라는 이 세계의 기술도 더하여 쿠온의 인간이 만들어낸 병기. 여기저기에 기계 같은 부분이 보이는 것은, 그곳에 우리 세계의 기술이 응용되어 사용된 거겠지.

분위기는 완전히 원정 경기가 된 장내에서 페르노트 씨는 검을 뽑고 아오바 씨는 자세를 잡았다.

“……할 수 있겠지, 아오바.”

“나설 상황을 생각하면 골치 아프겠지만 원호는 맡겨줘요.”

긴장감이 공기에 녹아들고 모두가 숨을 삼켰다.

"핫……!"

개시의 신호는 없이, 그저 페르노트 씨가 앞으로 걸음을 내디디는 것으로, 전투가 시작되었다.

215 넘어야 하는 벽

"빠르군요……."

내디딘 속도를 보고 리셀 씨가 감탄의 한숨을 흘렸다.

크롬처럼 눈으로 쫓기 어려운 속도는 아니지만, 그녀의 신장으로는 상상도 안 될 만큼 페르노트 씨의 움직임은 빨랐다.

그만큼의 사선을 헤치고 나왔음을 알 수 있는, 호흡을 파고드는 움직임. 어지간한 상대라면 그것만으로도 허를 찔렸을 테지.

"팔 정도는 각오해……!"

나중에 치료할 수 있다고는 해도 지독한 표현이었다.

검격은 내딛는 움직임 이상으로 빨라서 바람마저도 따라가지 못하는 것만 같았다.

경고한 대로 팔을 노린 공격. 전의 상실을 노린 일격이 날카롭게 번쩍였다.

"윽……!"

"상관없어. 날릴 수 있다면, 말이지만."

가벼운 태도로 긴카 씨는 검을 받아냈다.

무기를 전혀 사용하지 않고 두 손가락 사이에 종이라도 끼우듯이, 페르노트 씨의 일격을 막아낸 것이다.

"……핫!"

"읏!"

그런 상대에게 페르노트 씨는 놀라기는커녕 앞으로 더 파고들어 발차기를 날렸다.

후려친 앞차기에 날아가면서도 긴카 씨는 자세를 낮추어 흙먼지를 일으키며 브레이크를 걸었다.

"……그 갑옷, 무척 튼튼하네. 발끝이 아파."

"전직 기사라더니 꽤나 거칠게 움직이네…… 조금 놀랐어."

"미안하네. 나는 조직에 별로 어울리지 못했거든."

"무척 신이 나신 모양인데, 저를 잊지 않았나요?"

거리가 떨어진 순간을 노리고 아오바 씨가 덩굴을 뻗었다.

고속으로 성장한 덩굴은 갑옷으로 변한 긴카 씨를 순식간에 휘감아 버렸다.

"붙잡——."

"——지는 못했는데."

"뭐야……."

긴카 씨를 포박한 덩굴이 검은 불꽃에 불타서 억지로 끊어져 버렸다.

재가 된 덩굴을 손가락으로 털어내고 긴카 씨는 놀란 듯한 목소리로 말했다.

"완력으로 빠져나갈 수 있겠다고 생각했는데 의외로 단단했어. 그쪽도 꽤 하는데."

"긴카 씨 저 두 사람, 마력을 보면 일개 군단에 필적하는 수준이에요. 아무리 그래도 조금 진심을 발휘하세요."

"시온이 그렇게 말한다면."

푹, 자세를 낮춘 그녀의 등 뒤에서 아지랑이가 일렁거렸다.

등 뒤의 열기가 느껴진 순간, 긴카 씨가 앞으로 튀어 나갔다.

"윽…… 에에잇!!"

페르노트 씨는 위험을 느꼈는지 이미 자세를 잡고 있었다.

찌잉, 화려한 소리를 내며 갑옷의 손날과 검이 충돌했다.

어마어마한 충격량에 페르노트 씨는 흙먼지를 일으키며 물러섰지만, 상대의 돌격만은 확실히 받아냈다.

"음……. 놀랐어, 지금 그건 드래곤의 충격에도 필적하는데."

"큭, 이게……. 제대로 맞았다면 죽었다고, 지금 그건!!"

"……시온이 진심을 발휘하라고 그랬으니까."

"에잇, 이런 바보 커플……!!"

이제까지 모두가 생각하면서도 말하지 않았던 것을 페르노트 씨가 마침내 입에 담았다.

동시에 힘을 빼고서 이길 상대가 아니라고 생각했을 테지. 두 색깔의 눈에 더욱 강한 의지가 깃들고, 페르노트 씨는 뒤로 도약해 거리를 벌렸다.

"정말로 팔 하나 정도는 각오해……! 빛이 가리키는 길을 뚫어라, 성검이여……!"

노래하는 것 같은 말이 하늘에 울렸다.

공화국에서도 들은 이 영창은 그녀가 진심을 발휘할 때의 말이었다.

물리적인 검이 아니라 마력 그 자체를 칼날로 만들어 내는 검.

"내 몸에 모여 현현하라! 머티리얼라이제이션!!"

발동의 키워드를 자아낸 순간, 페르노트 씨의 손은 빛의 검을 쥐고 있었다.

마치 태양을 칼날로 만든 것 같은, 마법으로 정제된 마법의 검.

빠져드는 것 같은 술렁임은 반란군들의 것으로, 모두가 그녀를 주목하는 것을 알 수 있었다.

"……산마저도 양단한다고 일컬어지는, 오드 아이 성기사 경의 진짜 검인가."

"예전 이야기야."

"그럼 지금은 어떨까."

"경험하게 해드리지!"

부웅, 그런 둔탁한 소리가 났다.

긴카 씨의 양손에 검붉은 빛이 빛났다.

빛은 도(刀)의 형태로, 검은색 갑옷을 채색하듯이 일렁거렸다.

"마력 수속도(收束刀), 양쪽 모두 갈 수 있어요!"

"무영창으로 마법의 검을……?!"

"마력과 관계된 제어는 시온이 저—언부 하고 있으니까요! 긴카 씨는…… 있는 힘껏 휘둘러 버리세요!"

"알았다. 미야마 가의 후계, 긴카. 각오해라……!!"

돌진은 곧바로 검격을 만들어 냈다.

무수한 소리가 교차한다. 내 눈은 그들의 움직임을 어떻게든 쫓을 수 있지만 어떤 기술인지는 이해할 수 없었다. 그만큼 고도의 움직임이었다.

……빠르고, 날카로워!

그저 칼날을 힘과 속도에 맡기고 휘두르는 게 아니라 일격일격에 낭비가 없었다. 필살이라면서도 확실하게 다음으로 이어졌다. 번뜩임이 무수히 겹치고, 멈추지 않고, 끊이지 않았다.

밀어붙이는 것은 두 자루 도를 휘두르는 긴카 씨의 물량이지만, 페르노트 씨는 냉정하게 한 자루 검으로 그것을 받아내고 있었다.

검과 도가 끊임없이 부딪치고, 두 색깔의 칼이 그리는 선이 마치 서로를 잡아먹으려는 두 마리 뱀처럼 뒤얽혔다.

"굉장하네요……."

"두 자루 도를 다루는 기술도 물론이지만, 그걸 한 자루로 버티는 페르노트 씨도 상당하네요……."

아오바 씨가 나서지 못하고 곤란해할 정도로, 수준 높은 전투.

당연한가. 아오바 씨는 원래는 꽃꽂이가 특기인, 결코 육체파라고 할 수 없는 사람이다.

지금 눈앞에서 벌어지는 쿠온의 무인이라도 도달할 수 있을지 알 수 없는 기술의 응수는, 아무리 치트 능력이 있을지라도 간단히 끼어들 수 있는 게 아니었다.

"방해가 안 될 정도의 지원은 할게요……!"

그저 손을 놓고 있지는 않겠다는 건가. 이러니저러니 해도 남을 잘 돌보고 책임감이 강한 아오바 씨다웠다.

아오바 씨는 손가락에 씨앗을 들고 그것을 던졌다.

땅바닥에 흩뿌려진 씨앗은 고속으로 싹을 틔우고 꽃무더기가 흐드러지게 피었다.

둥실 감도는 냄새는 달콤해서 뇌가 녹아내리는 것 같았다.

"뭔가가 엉겨 붙어……?!"

"엘프나 흡혈귀처럼 후각이 강한 종족에게는 집중력이 흐트러질 만큼 달콤한 향기에요. 인간이라면 릴랙스 정도지만요."

"잔재주를……!"

"중화할게요! 긴카 씨는 앞으로 집중을!!"

"그러시죠……. 진짜는 지금부터니까요!"

아오바 씨가 팔을 휘두르는 것과 동시에 꽃잎이 빛났다.

금색 정원처럼 변한 전투장에서 명백하게 페르노트 씨의 움직임이 바뀌었다.

휘두르는 검이 더욱 빠르고 예리해졌다.

"큭……!"

"몸이 가벼워…… 힘이 넘쳐!"

"제 특제 마화의 축복이에요. 적의 움직임을 둔하게 만들고 아군의 움직임을 끌어올리죠!"

전에 엘시 씨가 사용한 것 같은 결계 효과인가.

그렇게 납득하는 사이, 흐름이 흰색으로 기울었다.

검격이 더욱 육중해지고, 양손으로 도를 다루는 검은 갑옷의 물량에 페르노트 씨가 쫓아갔다.

공세와 방어는 역전되어 이번에는 긴카 씨 쪽이 막는 입장이 되었다.

"우리와는 다른 보조인가…… 꽤 하는데!"

"하지만, 팀워크는 우리 쪽이 위예요!"

"그래. 간다, 시온!!"

한층 더 화려한 칼싸움 소리가 터지고 페르노트 씨가 튕겨 날아갔다.

억지로 거리를 띄운 긴카 씨는 어깨에 미니 시온을 얹은 상태에서 비상했다.

갑옷의 등에서 흑요석을 겹친 듯한 날개가 펴지고 중량이 하늘로 날아올랐다.

"뭐야, 저 무게로 날 수 있다고……?!"

"최상위 드래곤, 유그드라실급이 소재야. 사람이 나는 정도는 간단하다마다."

"마력 수속도, 해제. 마력 수속포, 기동!"

"윽…… 저건, 위험하겠는데요……?!"

누가 어찌 봐도 무언가가 벌어지는 것은 명백했다.

두 자루 도를 해제한 흑요 갑옷이 등의 날개를 크게 펼친 것이었다.

"……검은, 천사……."

단적인 감상이 입에서 흘러나왔다. 그만한 존재감과 어쩐지 장엄한 기척마저 두르고 『흑요』는 하늘 위에 섰다.

갑옷을 입은 천사는 검은 날개를 맹렬히 번쩍였다. 명확하게 강력한 마력이 주위의 공기를 진동시켰다. 떨어진 곳에서 보는 나조차도 오싹할 정도의 압력을 느꼈다.

양팔이 결합되듯이 '포'라고 부를 존재가 만들어졌다. 빛을 집어삼키는 것 같은 검은 빛이 점차 모여들었다.

"자, 잠깐 너무 진심 아닌가요?! 저거, 드래곤 브레스잖아요?!"

"그걸 집약해서 상대를 지워버리는 결전용 무장이다……!"

"죽이지 않는다는 건 어디로 갔냐고……!"

"이걸 견디지 못한다면 어차피 제국은 넘어설 수 없어!"

"……!!"

하늘 위에서 쏟아진 말에 페르노트 씨가 움직임을 멈췄다.

"이 아티팩트는 제국의 기술자가 만들어 낸 '생명을 가지고, 성장하는 갑옷'이다! 상대는 그런 걸 필요 없다고 할 정도의 나라라고! 그러니까……."

"이걸 넘어서지 못한다면, 제국에게 이길 수는 없어요!!"

"……바라던 바야! 아오바, 도와줘!!"

"예, 그렇게까지 말한다면 물러설 수 없어요!!"

""그렇다면, 그것을 우리에게 보여라!!""

포에 깃든 빛은 이미 막대한 광량을 뿜어내며 명백하게 포화 상태라는 걸 알 수 있었다.

상대를 지워버린다는 말은 틀림없이 거짓이 아니다. 막지 못한다면 큰일이 벌어진다.

막아야 할까 생각했지만 아오바 씨가 이쪽을 보고 손을 흔들었다.

……맡겨라, 그런 의미인가요.

즉사만 아니라면 치료할 수 있다는 것은 막무가내 논리지만, 아오바 씨가 그렇게 판단했다면 나는 그걸 지켜보자.

언제라도 회복 마법을 쓸 수 있도록 준비만 갖추어 놓고, 나는 달려가려던 자신의 몸을 진정시켰다.

"마력 수속포…… 가라!!"

말이 하늘에 울린 것과 동시에.

하늘 위에서 검은 빛이, 마치 심판처럼 지상으로 떨어졌다.

"페르노트 씨, 집중을!"

"맡기겠어!"

"지켜내라, 덩굴의 벽……!!"

아오바 씨의 말에 응하듯이 지면에서 대량의 덩굴이 튀어나오고 그것들은 뜨개질이라도 하듯이 겹쳐지며 여섯 개의 벽이 되었다.

아마도 처음부터 준비했을 테지. 마화의 씨앗을 뿌리고 땅속에서 일부를 키웠던 것이다.

그런 엄청난 두께인 식물의 벽을 하나, 둘, 셋, 검은 빛이 찢어발기며 내달렸다. 멈추지 않고 돌진했다.

"큭, 기세가……! 생각했던 것보다 강해. 추가로 나와, 빨리!"

"후우우우우우……."

이마에 땀을 맺고서 덩굴을 늘리려는 아오바 씨를 쳐다보지 않고, 페르노트 씨는 깊이 숨을 내쉬었다.

아마도 정신을 집중해서 마력을 자아내는 거겠지. 그 시간을 버는 것이 아오바 씨의 목적이다.

무참하게 흩어진 꽃처럼 덩굴의 벽은 차례차례 붕괴했다. 이미 다섯 번째가 먹히고 여섯 번째가 버티는 중이었다.

벽 하나를 부술 때마다 포격의 기세는 확실하게 약해지고 있었다. 하지만 너무나도 위력이 강했다. 이대로는 모든 벽을 사용해도 두 사람이 큰 부상을 피할 수는 없겠지.

"큭…… 일곱 번째! 이게 한계예요! 아직 멀었나요?!"

"……좋아! 이제 충분해! 떨어져, 아오바!!"

페르노트 씨의 말이 날아든 순간, 아오바 씨는 거리를 벌렸다.

여섯 번째가 부서지고 급조된 일곱 번째가 먹히기 시작했다. 하지만 페르노트 씨는 차분한 모습이다.

"산보다 강한지, 시험해 주지."

허리 쪽으로 빛의 검을 들고, 페르노트 씨는 이 상황에 걸맞지 않을 만큼 조용한 분위기를 둘렀다.

벽이 부서지는 여파에 머리카락이 흐트러지는 것도 개의치 않고 그녀는 드높이 목소리를 엮었다.

"내 손에 깃든 검이여, 내 몸에 모인 빛이여! 내 바람에, 내 의지에! 내 영혼에 응하여 눈앞의 장해를! 일체의 해의를! 물리쳐라!!"

영창이 이어질 때마다 빛의 검이 두른 마력의 질이 뚜렷하게 상승한다.

성검. 그리 부르기에 걸맞은 막대한 마력이 페르노트 씨의 손에 깃들었다.

"비추어라!! 홀리 블레이즈!!"

퍼 올리듯이, 혹은 하늘 위로 치켜들듯이.

페르노트 씨의 빛이 질주했다.

일곱 번째 벽이 부서진 순간을 노린 일격이 검은 빛과 정면으로 부딪쳤다.

"큭…… 이건……!!"

"읏, 역시 산보다는 단단하네……. 하지만…… 이쪽도, 혼자가 아니거든!!"

아오바 씨가 벽을 만들어 위력을 떨어뜨리고 시간을 벌었다.

그 결과로 현재가 있다.

흑과 백이 맞부딪치는 모습은 눈을 뜨고 있기가 어려울 만큼 눈부셨지만, 모두가 그에 몰입하고 있었다.

"하얀 빛이…… 페르노트 님이 이기고 있어요."

리셀 씨가 중얼거린 순간, 힘의 밸런스가 기울었다.

막대한 백색이 마찬가지로 막대한 흑색을 밀어내기 시작한 것이었다.

"긴카 씨……!"

"읏…… 시온! 전력 방어!!"

말이 울리는 것과 동시에, 페르노트 씨의 마법검이 검은 빛을 꿰뚫었다.

"읏…… 오오오!!!"

긴카 씨는 공중에서 몸을 비틀더니 날아온 빛을 향해 주먹을 내질렀다.

또다시 격돌한 흑과 백. 이번에는 검정이 이겼다.

하얀 빛을 물어뜯듯이, 검은 갑옷이 낙하한다.

"어차……!"

페르노트 씨가 빛의 검을 해제하고 그 자리에서 점프하듯이 후퇴했다.

아주 조금 늦게 흑요가 착지했다.

충격과 흙먼지가 피어오르고 대지가 흔들렸다.

자신의 몸에 묻은 흙을 털어내며 긴카 씨는 한숨을 내쉰다.

"지금 그건 역시나 위험했어."

"긴카 씨, 아까 방어라고 그러지 않았나요?"

"그걸 그대로 고스란히 받았다면 하늘로 빛이 올라가 버리겠지. 아무리 그래도 그건 좀 눈에 띌 거라고 생각해서, 때려서 방어했지."

"아이 참, 뇌까지 근육인 긴카 씨도 멋져……."

"……알콩달콩하는 건 거기까지로 해줄 수 있을까?"

페르노트 씨가 살짝 맥이 빠진 표정을 띠고 주위를 둘러봤다.

서로가 견뎌냈고, 그리고 양쪽 모두 무사했다. 그걸 확인하고서 긴카 씨는 고개를 끄덕였다.

"좋은 의지를 봤다. 전직 기사 경."

"나야말로. 그래서, 아직 더 필요할까?"

"……아니. 충분해. 다시금 그쪽 이야기를 듣지."

흑요 갑옷이 빛의 입자가 되어 하늘로 흩어졌다.

하나였던 것이 둘로 나뉘고 긴카 씨와 시온 씨는 원래 모습으로 돌아왔다.

환호성이 터지는 모의전장에 공감하지 못하면서 나는 살짝 한숨을 내쉬었다.

"일단 양쪽 다 부상이 없는 모양이라 다행이네요."

"……저도 더욱 강해져야만 해요."

"쿠즈하?"

"어, 아뇨. 아무것도 아니에요, 아르제 씨."

어쩐지 쓸쓸하게, 옆에 있는 쿠즈하가 미소를 띠고 있었다.

216 싸워야 하는 장소

"ㅎㅇㅇ……."

위가 아프다.

찌릿찌릿 조여드는 것 같은 통증은 아침 식사가 역류해 버릴 것만같이 심각했다.

……아아, 이럴 때에 아르제 씨가 있었다면.

그녀의 마법이라면 이런 위의 통증 따윈 금방 없애버릴 수 있겠지.

좀 더 말하면 그녀가 있어주는 것만으로 의욕이 생긴다. 어찌 됐든 외형은 절세의 미소녀니까.

하지만 그런 그녀와 헤어지자고 결정한 것은 나 자신이다. 없는 사람에게 매달려 봐도 구원은 내려오지 않는다.

"흠. 사마카여. 이 차는 맛있구나."

"왕이시여. 그건 공화국의 특급품이군요. 대접으로는 최상위입니다."

"호오호오! 이것이 차인가! 이 몸은 알고 있었다! 책으로 읽었으니까! 꿀꺽…… 맛있어!!"

"마음에 드신다니 참으로 다행입니다."

동요가 얼굴에 드러나지 않도록 상업용 스마일을 얼굴에 들러붙이고 나는 깊이 머리를 숙였다.

지금 눈앞에 있는 세 사람은 알레샤의 영주 사마카 님, 해저도 시를 통치하는 해마의 여왕 크틸라 님, 그리고 왕국의 플레이아데스 왕.

일개 상인인 나, 제노 코토부키는 만나기는커녕 보는 것조차 어려운 세 사람과 대치하고 있었다.

"그래서, 거기 상인. 이 회의의 목적은 무엇이냐?"

불과 몇 초 전까지 차를 즐기고 있었을 터인 임금님이 이쪽으로 날카로운 눈빛을 던졌다.

……전개가 빠르네!

역시 일국의 왕. 냉큼 용건을 말해라, 그런 의미인 듯했다.

다른 두 사람을 흘끗 봤더니 해마 여왕님은 여전히 차에 흥미진진, 영주님은 그에 신사적인 태도로 설명하고 있었다. 자유롭다.

"그에 대해서는 두 사람을 더 불렀으니……."

"기다려라, 그런 이야긴가. 왕의 시간을 쓰게 하다니."

"으…… 죄송합니다."

"……됐다. 용서하지. 다름 아닌 아르젠토의 이름이 나왔으니까 말이다."

"감사합니다."

아르제 씨가 여행을 떠나기 전에 여기까지의 사정은 정리를 마쳤다.

그렇기에 그들을 이곳으로 부를 수 있었다.

"이것 참, 마음에 드셨습니까. 저희 회의장. 사실 외부인은 들어올 수가 없는데 말입니다."

기다리던 사람 중 하나가 가벼운 태도로 들어와서 자리에 앉았다.

도깨비인 종자를 거느린 그 사람은 요츠바 의회의 최고 책임자 중 하나, 아키사메 히구레.

상대의 말을 듣고서 임금님은 깊이 고개를 끄덕였다.

“좋은 분위기다. 공화국의 독특한 분위기가, 짐은 싫지 않다. 공무도 있어서 좀처럼 들를 수는 없으니까 말이야.”

“이 몸도 만족이다! 지상은 재미있구나! 우리 국민들한테 선물을 잔뜩 사가야겠구나!”

“앗핫핫. 그건 잘 됐군. 나중에 좋은 선물 가게를 소개하죠, 해마의 여왕님.”

위통을 앓는 나와 달리 어디까지나 가볍게 세 사람은 대화를 나누었다. 아아, 그런 경박함이 부럽다.

한바탕 인사를 마치고 아키사메 씨가 이쪽으로 시선을 던졌다. 당연히 다른 세 사람의 시선도 이쪽이었다.

“그래서, 일개 상인 군. 네가 이런 큰 무대를 마련한 이유를 듣고 싶군. 상업 길드장의 허가까지 얻어서.”

“……예, 그러네요.”

본래라면 이 상황은 절대로 있을 수 없는 일이다.

상인이 나라에 간섭하는 것은 허락되지 않는다. 개인 사이의 거래는 가능해도 정치와 관련되는 것은 금지된다.

그런 기본적인 규칙을 길드장에게 직접 담판해서 굽히면서까지, 나는 이 자리를 마련했다.

“그 전에 또 한 사람, 참가자가 모이지 않았습니다.”

“그건 날 말하는 건가, 상인 군?”

의연한 목소리가 장내에 울렸다.
전원의 시선을 받아내듯이 나타난 것은 붉은 머리카락을 지니고 강한 의미를 눈에 머금은 여성이었다.
"오시느라 수고하셨습니다, 대금고의 주인."
시릴 대금고의 관리자인 인공 정령 이그지스터.
이것으로 참가자는 모두 모이게 되었다.
머리를 숙이자 이그지스터 씨는 천천히 고개를 가로젓고,
"괜찮아. 오랜만에 외출이야. 기분 좋다마다. 게다가 이 아이한테도 여행이라는 걸 경험시켜 주고 싶었으니까. 자, 나오렴?"
"어, 응……."
그 말에 나온 상대를 보고 모두가 숨을 삼켰다.
"아르제 씨?!"
"아르젠토?!"
"친선대사 경?!"
호칭은 다르지만 느끼는 바는 마찬가지.
은색 머리카락의 흡혈귀와 무척 닮은, 하지만 눈 밑으로 눈물점이 있는 소녀.
그 모습을 나는 알고 있었다.
"시, 시릴 아케디아……?"
시릴 대금고를 설립한 여성의 이름을 나는 자연스럽게 입에 담았다.
그녀의 마력에서 아르제 씨가 태어났다는 사실을 나는 알고 있다.
튀어나온 이름을 모두 부정하듯이 이그지스터 씨는 고개를 가

로저었다.

“아니. 이 아이는 아르제도, 시릴도 아니야. 나와 아르제의 귀여운 동생이지. 자, 인사는?”

“……셜리에요. 자, 잘 부탁해요…….”

“셜리, 너는 만났을 무렵이랑은 무척 성격이 바뀌었네……. 게다가, 여기에 오기 전에는 아르제 언니랑 만날 수 있을지도 모른다며 그렇게나 기뻐했는데.”

“그, 그게 말이죠, 언니……. 모르는 사람들뿐이고……. 으으, 아르제 언니랑 만나고 싶어…….”

어쩐지 쭈뼛쭈뼛, 남의 집에 온 고양이 같은 태도는 확실히 아르제 씨와는 크게 달랐다.

하지만 얼굴 생김새는 분명히 똑같아서 아르제 씨의 동생이라고 하니 쉽게 납득할 수 있는 모습이었다.

“놀랐어……. 그녀에게 동생이 있었다니.”

“나도 아르제도, 그리고 그녀도 시릴의 마력에서 태어났지. 그러니까 우리는 자매라는 거야.”

경악해서 눈을 크게 뜬 영주님에게 이그지스터 씨는 가볍게 설명했다.

물론 그런 이야기는 처음 들었으니까 나도 무척 놀랐다. 업무용 스마일이 살짝 무너져 버렸을 정도였다.

“저, 저기…… 미안해. 아르제 씨는 여기에는 없거든.”

“어어……?!”

“아니, 어—, 만날 수 있어! 만날 수 있을 거라 생각해! 그렇게 만들 생각이니까! 편지도 받았으니까! 그러니까 울지 말라고?!"

아는 얼굴에 노골적으로 슬퍼하는 표정을 띠면 아무래도 상대하기 힘들었다.

어떻게든 달래어서 진정시킨 다음, 나는 다시금 모두를 둘러봤다.

"자, 그럼 처음 뵙는 분도 많으실 테니 우선은 자기소개부터 시작하죠. 저는 제노 코토부키라고 합니다. 어디에나 있는 행상인이지만…… 이렇게 모여주신 것, 감사합니다."

"아키사메 히구레. 여기 이 아이는 종자인 하보탄. 공화국의 정치 담당, 요츠바 의회를 관리하는 네 가문 중 한 사람입니다."

"짐은 왕국의 왕. 그것뿐이다."

"왕의 수행원으로 실례하게 되었다, 알레샤의 영주인 사마카스왈로다."

"이 몸은 해마족의 왕, 크틸라다!"

"이그지스터. 시릴 대금고의 주인이다."

"……셜리. 이그지스터 언니와 아르제 언니의 동생, 이에요."

정말로 굉장한 이들이 모였구나.

나라를 움직이는 거물들에 더해서 경제를 관리하는 관리인까지도 지금, 이 자리에 모여 있었다.

……그것도 단 한 사람을 위해서, 말이야.

아르젠토 밤피르.

이 이름을 꺼내어 요청했다. 고작 그것만으로 그들은 이곳까지 와주었다.

정치적인 입장이 있고 좀처럼 시간도 낼 수 없을 터인 멤버. 그것을 모을 수 있었던 것은 전적으로 아르제 씨라는 존재 덕분이었다.

그녀는 스스로를 언제나 가치가 없다는 듯이 말했지만 설마 그럴까보냐. 적어도 이만한 사람들이 그녀의 가치를 인정하여 이곳에 모인 것이다.

"후우……."

숨을 한 번 내쉬고, 나는 지금부터 해야 할 말을 생각했다.

……나는 그저 걸림돌이지만, 그것만으로 끝내고 싶지는 않거든.

아르제 씨 일행이 지금 향하는 장소는 틀림없이 전투가 벌어지는 곳이다.

나는 일개 행상인. 페르노트 씨처럼 싸움에 뛰어나지 않다.

그 여행의 멤버는 모두가 개인이 일개 군단에, 아니, 여차하면 한 나라에 필적할 정도의 실력자들이다.

나만이 다르다. 나는 어디까지나 상인이고, 자기 몸을 지키는 정도밖에 못 한다.

더 이상 그 정도로는 안 된다. 사태는 그만큼 급변했다.

그래서 나는 그녀들을 따라가지 않았다.

지금부터 필요한 것은 여행의 지식 따위가 아니라 순수한 전투력이라고 생각했으니까.

"……그럼 본론으로 들어가겠습니다."

그렇기에, 이곳이다. 내 전장은 바로 이 회의장이다.

말솜씨와 이야기를 정리하는 능력으로, 나는 이제까지 내 일을 했다. 행상인으로서 살았다.

여기서 나는 굳건하게 버틴다. 싸우지는 못하더라도 할 수 있는일로 아르제 씨에게 도움이 되겠다.

아르제 씨의 얼굴을 떠올리고 가볍게 숨을 들이마셨다. 그것만으로 기분이 차분해졌다.

이곳에 모인 멤버들은 아르제 씨의 이름을 듣고 모였다. 그녀가 우리를 이어주었다. 그러니까 분명히, 그녀에게 이익이 된다는 걸 알면 들어주겠지.

하지만 들어주는 것만으로는 안 된다. 그리고 그들은 자신들의 이해득실을 고려할 수밖에 없다. 적어도 시릴 대금고의 주인을 제외한 멤버들은 그렇겠지. 모두가 나라를 움직이고, 신념과 지위를 가진 상대다.

……이제까지 한 것 중에 가장 큰 거래구나.

그렇기에, 해야 할 말은 하나다.

과장스럽게, 상인답게, 하지만 기대를 가지게 만들도록.

"미래를, 사지 않겠습니까?"

그저 첫 말을 입에 담았다.

자, 장사 이야기를 시작하자.

217 각자의 고민거리

"……이럴 때에 사츠키 씨의 케이크를 먹을 수 있다는 건 기쁜 일이야."

"사츠키 씨, 아마도 이걸 내다보고 저한테 케이크를 줬을 거라 생각하니까요."

차가 준비된 방 안에서 우리는 마주하고 있었다.

긴카 씨와 시온 씨, 그리고 나.

오후 티타임에 초대된 나는 함께 먹자며 사츠키 씨에게 받아서 블러드 박스에 넣어둔 케이크를 꺼낸 것이다.

"응~…… 맛있네요, 이거! 이건 뭔가요!"

"시온. 그건 케이크야. 지인이 만들어 준 과자인데…… 언젠가, 너도 데려갈게."

"에헤헤, 그럼 전부 끝난 뒤의 기대로 해둘게요."

시온 씨가 기뻐하며 먹고 있는 것은 초콜릿 케이크였다. 나도 한 번 먹은 적이 있는데, 촉촉한 식감과 단맛이 무척 좋았다.

……역시 그런 건 거의 모르는군요.

쿠온의 전쟁자가 병기로 만들어 낸 인공 정령. 그것이 시온 씨다.

그녀에게, 시야에 닿는 많은 것들이 처음이겠지.

"……솔직히 너희가 와주어서 무척 도움이 되고 있어."

"……네, 감사합니다."

긴카 씨가 순순히 고개를 숙이는 바람에, 나는 살짝 당황했다.

은색 머리카락을 늘어뜨린 하프 엘프에게서 나는 조금 상대하기 버겁다는 심정을 느끼고 있었다.

……뭐, 말하고 싶은 건 알겠지만요.

반란군과 공동으로, 수도를 단숨에 함락시킨다.

그런 식으로 이야기가 정리된 뒤, 우리는 준비 기간을 보내게 되었다.

이 기간 동안 반란군과 우리는 전력을 가다듬으면서, 제국이 경계하지 않도록 적당한 활동을 이어나가 위장한다.

표면적인 활동은 반란군 사람들에게 맡기고 있었다. 그들은 우리를 비장의 카드로 투입할 생각이니까.

물론 그것은 바라 마지않던 일이라고 할까. 우리가 가장 귀찮은 부분을 떠맡은 만큼 그것 이외에는 편하게 해주는 것은 대환영이었다. 다만 지나치게 아무것도 안 한다니 좀 그래서, 조금은 돕기로 했다.

"설마 이런 수준까지 회복 마법을 쓸 수 있을 줄은 몰랐어."

"죽지만 않으면 구할 수 있으니까, 제대로 살아서 돌아온 여러분이 대단한 거예요."

"그중에는 죽음을 기다릴 뿐이었던 동포도 있었어요, 아르제. 그런 이들을 구해준 건 정말 고마운 일이에요."

"……그런 모양이네요."

처음 부상자들이 모여 있는 장소로 안내받았을 때에는 놀랐다.

저주에 부상, 질병. 명백하게 회복의 손길이 부족해서 그곳은 지독한 참상이 벌어져 있었다.

그리고 그것을 귀찮다는 생각에 한꺼번에 치료한 결과, 모두를 놀라게 만들었지만.

"지금은 너를 전장의 천사처럼 대하는 목소리도 많아."

"그건 좀 바라던 바가 아닌데요……."

일찍이 사마카 씨가 이야기한, 전쟁의 도구가 된다는 말.

임금님을 상대로 정면에서 거절한 그것을 지금, 나는 스스로 해버리고 있다.

하지만 도저히 내버려 둘 수는 없었다.

괴롭게 신음하는 모두의 얼굴이 쿠온 때문에 생겨난 것이라면 내가 무언가를 해야만 한다고 생각했으니까.

"게다가 다른 사람들 쪽이 도움이 된다고 생각해요."

아오바 씨는 자신의 능력을 살려서 식량이나 약초를 보충하는 것으로 공헌하고 있다.

그녀가 만들어 내는 과일이나 채소는 굶주림을 채우는 것만이 아니라 전쟁으로 갈 곳을 잃고 만 사람들에게도 나누어 주고 있다나. 당연히 그것을 보고 반란군으로 찾아오는 사람도 있으니까 완전한 자선사업은 아닌 모양이지만.

그 밖에도 약초를 기르고, 때때로 독이 될 법한 것도 생산한다고 하는 것을 보아 다양한 의미에서 아오바 씨는 도움이 되는 듯했다.

페르노트 씨와 리셀 씨는 주로 전투 지도.

반란군에 있는 사람 중에는 고대 정령 언어가 가능한 사람도 있어서 리셀 씨의 의사소통에도 문제가 없다나. 페르노트 씨 쪽은 유명인이기도 해서 검을 가르쳐 달라는 사람이 무척 많은 것 같았다.

쿠즈하는 분신이라는 능력을 살려서 사냥이나 물자 운반 등, 인력이 부족한 부분에서 서포트로 돌고 있었다.

"저는 거의 자고 있으니까요."

할 일을 했다면 낮잠뿐인 나와 달리, 다들 자신이 할 일을 찾아서 누군가의 도움이 되려하고 있었다.

그런 모두와 비교하면 내가 하는 일은 미미했다.

"그렇진 않아."

"그렇지는 않아요."

명확한 부정이 날아들어서 당황하고 말았다.

눈을 동그랗게 뜨는 나를 보고 두 사람은 온화하게 미소 지었다.

"누군가와 비교하지 않아도 돼. 너는 네 나름대로, 제대로 도움이 되고 있어. 무엇보다…… 너는 계속 잔다고 그러면서도, 무슨 일이 있으면 반드시 깨서 오잖아."

"그건…… 주위가 시끄러우면 못 자니까요."

"그렇게 신경 쓴다는 것만으로도, 아르제는 충분히 배려심 있는 사람이에요."

"으…… 그럴, 까요. 잘 모르겠어요."

과거에 살던 세계에서 나를 돌봐주던 류코를 떠올렸다.

성격은 전혀 다르지만 그 사람도 지금 두 사람과 마찬가지로, 내가 아무리 자신을 부정해도 똑바로 긍정적으로 돌려주었다.

그것은 사츠키 씨랑 메이 사람들도 그렇고, 좀 더 말하면 쿠즈하랑 일행들도 그랬다. 다들 나를 필요하다고, 좋은 사람이라고 말해 준다.

전생에서는 아무렇지도 않다고 여겨졌는데 지금은 그렇게 긍정받고, 칭찬받는 것을 참으로 부끄럽게 여기고 만다.

도망치듯이 말이 흘러나왔다.

"……남의 이야긴데도 무척 확고하게 말하는군요."

"그게 내가 믿는 너니까. 네가 자신을 어떻게 생각할지라도 나는 너를 좋은 사람이라고 생각해. 그러니까…… 고마워, 아르제."

"예. 고마워요, 아르제. 정말로, 좋은 음색의 사람과 만날 수 있었어요."

"으…… 가, 감사합니다……."

어쩌지. 싫지는 않다고 생각하지만, 대화를 나누면 아무래도 페이스가 흐트러지고 만다.

대답에 곤란해하는 사이, 긴카 씨가 찻잔으로 시선을 떨어뜨리며 툭하니 말을 꺼냈다.

"게다가, 나도 똑같으니까."

"예……?"

"아무리 말을 거듭해도, 정의라고 생각해도, 내 기술은 결국에 아무리 가더라도 사람의 목숨을 빼앗기 위함이야. 미야마 가문은 공화국에서 오래된 무가(武家)에, 내 일족 중에는 요츠바 의회에 고용되어 있는 사람도 있지."

이름의 울림에서는 내가 있던 세계의 말과 비슷한 부분이 많은 공화국 출신일지도 모른다고 생각했는데 정답이었나 보다.

치즈 케이크를 입으로 옮기며 긴카 씨는 더욱 말을 거듭했다.

"무예를 배우는 것에 저항은 없었어. 하지만 나는 그 기술을 그저 죽이기 위한 것으로만 받아들일 수밖에 없었지. 그러니까 그 힘을 그저 휘두르라는 말을 듣고, 그걸 거부해서 각지를 방랑하다가 마침내, 시온과 만났어."

"저도 자신이 어떻게 살면 좋을지 몰랐어요. 병기로서 태어났지만 누군가의 목숨을 빼앗고 싶지는 않아서……. 하지만 저는 그를 위해서 태어났다고, 아버님께서는 그렇게 이야기했죠."

"시온은 한 자루 칼이었던 나를 왕자님이라고 불러 줬거든."

"긴카 씨만이 병기였던 저를 공주님이라고 불러 줬어요."

"아……."

올곧게 바라보는 시선은 나만을 보는 것이 아니었다.

내게 말을 던지고, 내 얼굴을 보고, 그리고 내 눈동자에 비치는 자신들을 보고, 두 사람은 크게 고개를 끄덕였다.

"자신의 정의 따윈, 자신만으로는 못 한다고 해도 상관없어."

"그저 자신의 존재가 구원이 되었다고 말해준다면, 스스로 자신을 전부 인정할 수 없더라도 틀림없이…… 언젠가, 인정할 수 있을 거라 생각해요."

"그 수단으로 자신들의 힘을 휘둘러 버리고 있지만, 제국을 진정시키지 않으면 시온에게 안도는 찾아오지 않을 테니까."

자조하듯이 웃는 것으로 말을 끝내며, 긴카 씨는 케이크를 잘라서 시온 씨의 접시에 얹었다.

시온 씨 쪽도 자신의 케이크를 반으로 잘라서 긴카 씨의 접시로 건넸다.

“아플 때도 건강할 때도.”

“부정도 긍정도, 아픔도 기쁨도.”

“이렇게 함께 나누고, 우리는 살아있는 거예요.”

“그날 그때, 그렇게 결정했어. 다른 누구도 아닌, 둘이서.”

“……그런가요.”

어쩐지 두 사람의 인연이 얼마나 깊은지 알게 된 것 같았다.

헤매고 있던 두 사람이 만나 서로 손을 맞잡은 것이다.

이제까지 전부 이야기할 수 없을 만큼 많은 일이 있었고, 그 결과로 그녀들은 힘을 휘두를 것을 결심했을 테지.

시온 씨에게는 꺼림칙한, 긴카 씨에게는 고민이었던 그 힘을, 서로를 위한 것이라 납득하고.

그것은 옳은지 아닌지, 그런 게 아니라 그저 서로를 위해서 그리 했다, 그것뿐인 이야기였다.

“……아르제도. 스스로가 인정할 수 없다면, 우선은 자신을 인정해주는 모두를 믿자고요?”

“비슷한 이야기를, 요전에 들었어요.”

카페 메이의 종업원이자 흡혈귀 선배인 아이리스 씨.

그녀가 말한, 주위를 의지해도 된다는 말에 아직 가슴을 펴고 대답할 수는 없다고 생각한다.

그럼에도 긴카 씨와 시온 씨를 보고 있으면 누군가를 의지한다는 것의 의미를, 조금은 알 수 있을 것도 같았다.

218 My friend

“아르제 씨! 오늘은 새를 잔뜩 잡은 거예요! 같이 먹어요!”

“고마워요, 쿠즈하.”

따끈따끈 김이 피어오르는 꼬치구이는 분명히 갓 구운 것이었다.

소스의 좋은 냄새에 이끌리듯이 손에 들고 베어 물자 달콤짭짤한 소스에 야성미 있는 새의 맛이 잘 맞았다.

구운 정도를 보면 쿠즈하가 손수 만들었을 테지. 육즙이 제대로 넘치도록 절묘하게 구운 모습은 이제까지 몇 번이나 먹은 적이 있는 것이었다.

……요리, 잘하는군요.

아마도 어머니한테 배웠을 테지만, 쿠즈하는 굉장하다.

그럴 생각만 있다면 어디든 시집을 갈 수 있겠다는 느낌이었다.

“소스, 맛있네요.”

“에헤헤, 아이리스 씨한테 배운 거예요.”

“그런가요……. 고마워요.”

“아뇨아뇨! 옆자리, 괜찮은 거예요?”

“그럼요.”

친구가 옆에 앉는 것을 거부할 이유는 없었다.

쿠즈하는 구운 새가 산처럼 쌓인 쟁반을 내 앞에 놓더니 오도카니 옆에 앉았다.

"노동을 한 뒤의 식사는 참을 수가 없네요……. 우물우물…… 제가 했지만 딱인 거예요."

"수고가 많네요, 쿠즈하."

"아뇨아뇨. 과일이나 채소는 아오바 씨가 만들어 주지만, 역시나 고기도 중요한 거네요."

쿠즈하는 천진난만한 미소로 고개를 내젓더니 부지런히 구운 고기를 입에 넣었다.

규모는 제국군보다 작다고는 해도 역시나 대식구. 먹는 양이 많은 리셀 씨가 있다는 이유도 있겠지만, 분신으로 사냥이 가능한 쿠즈하는 반란군에게 무척 고마운 존재인 듯했다.

"어쩐지 완전히 익숙해져 버렸네요."

"그러네요. 그러는 것도 준비 기간이니까요. 느긋하게 있는 정도가 딱 적당하다고 생각해요."

"……그러네요."

내 말에 쿠즈하는 미소를 띠고 다 먹은 꼬치를 놓았다.

"아르제 씨. 그러고 보니 저, 물어보지 않은 게 있었던 거예요."

"뭔가요."

"어째서, 아르제 씨는 여행을 하고 있는 거예요?"

"그건……."

전날까지의 나라면 그 말에 즉답할 수 있었을 테지.

삼시세끼에 간식과 낮잠, 혈액이 딸린, 누군가 보살펴주는 생활. 지금도 그를 원한다는 것에 거짓은 없다.

하지만 지금 여행은 그 목표와는 크게 멀어져 버렸다.

목표는 제국의 수도, 틀림없이 싸우게 된다.

"……물어봐야만 하는 게 있거든요."

"물음, 인 거예요?"

"……쿠로가네 쿠온 씨는, 제 지인이에요."

전생에 인연이 있다, 그런 말은 아무리 그래도 꺼낼 수가 없었다.

그래도 나는 지금, 쿠즈하가 눈을 동그랗게 뜰 정도로는 대단한 사실을 밝혔다.

활짝 열린 여우색 눈동자에 깃든 감정이 무엇인가. 나는 그것을 알고 싶지 않다고 생각해버렸다.

"……그러니까 어째서인지, 물어봐야만 해요."

그럼에도 꺼낸 말은 취소할 수 없다.

전생에 대해, 쿠온에 대해. 말할 수 없는 일은 많았다.

어떻게든 말을 찾으며 나는 내 마음을 입에 담았다.

"어째서인지 물어보지 않으면…… 안심하고, 잘 수가 없어요."

"……그랬군요."

스윽, 손을 뻗어서 나는 반사적으로 눈을 감았다.

……어째서 이렇게나 무서운 걸까.

그렇다, 이건 공포다. 이해한 순간에 두려움은 오한이 되어 내 등을 타고 흘렀다.

쿠온에서 버려졌을 때도, 그 후의 생활도, 죽는 것조차도 무섭다고 느끼지는 않았다.

그런데도 지금 눈을 뜨고서 친구의 얼굴을 보는 것뿐인, 그런 일이 이렇게나 무서웠다.

"괜찮은 거예요."

닿은 감촉은 다정하고, 따듯했다.

사뿐하게 부드러운 쿠션과 그녀의 냄새에 감싸였다.

눈을 떴더니 그 앞에는 쿠즈하의 가슴이 있었다. 그녀가 나를 끌어안았다.

"……비밀로 감추고 있었던 거, 화난다든지 그렇지 않아요. 그러니까, 그렇게 무서워하지 않아도 괜찮은 거예요."

"……하지만, 저는."

"쿠로가네 씨가 하는 일, 납득하지 못하는 거잖아요?"

"……그건, 물론이에요."

쿠온 가문으로서는 그가 옳을지도 모른다.

약한 자는 도태되고 강한 자는 남는다. 그리고 계속해서 그 강한 자의 정상이어야 한다는 것이 쿠온의 사고방식이다.

그렇다면 그것을 좋다고 생각하고 싶지 않은 내 쪽이 이질적이겠지. 적어도 그 세계에서는.

사고방식이 그 세계에 맞지 않았다. 엇나간 상태였기에 나는 이 세계로 전생했다.

쿠로가네 쿠온. 그의 방식을 용인하는 것은, 나로서는 불가능했다.

"역시 아르제 씨는 제가 아는 그대로의 사람이에요."

"쿠즈하가 아는……?"

"다정하고, 잠만 자고, 귀찮은 걸 싫어하고, 귀엽고…… 제가 울 때, 옆에 있어 주었던. 소중한 친구인 거예요."

머리카락 사이로 손가락이 지나가는 것이 싫지 않았다.

고개를 들었더니 쿠즈하는 웃고 있었다. 마치 그녀의 어머니가 그랬던 것처럼 자비 깊은 미소였다.

"당신이 슬플 때, 반드시 저는 곁에 있어요. 그렇게 결심한 거예요."

"……고마워요, 쿠즈하."

"……조금만 더 이대로 있어요."

"예…… 조금만, 더."

몸의 떨림이 그칠 때까지 나는 쿠즈하에게 안겨 있었다.

연하 여자아이한테 응석을 부리는 것은 어쩐지 부끄러운 일이기도 했지만, 친구라는 말이 그것을 풀어주었다.

219 저주의 바람

"후와아……."

반란군의 동료……는 아니지만 협력자가 된 뒤로 어느 정도 시간이 경과했다.

이래저래 움직이는 덕분인지 최근에는 반란군 사람들도 내 얼굴을 익히고 있었다. 걸어가면 인사를 건네고, 특히 내가 목숨을 구한 사람들은 매일 나를 과장스럽게 대하는 것이 조금 겸연쩍었다.

"오, 천사님이잖아. 이제 일은 끝났나?"

"그 호칭은 별로 좋아하지 않는데요……."

악의는 없을 테지만 놀리는 것도 있으니까 조금 미묘했다.

이의를 제기하자 상대는 미안하다며 웃고 내게 쿠키를 건네주었다.

사츠키 씨의 케이크는 아직 남아 있지만 역시나 과자는 귀중품이다. 밀가루 등은 아오바 씨가 있으니 준비되겠지만 버터를 얻기 힘들어서 스스로 만드는 것도 어려웠다.

"……으음, 어쩔 수 없네요. 용서해 줄게요."

"의외로 물러……!"

"무른 게 아니에요, 친구와 함께 먹으려는 거니까요. 그리고 천사라는 건 그만해요."

일단 못을 박은 다음, 나는 받은 쿠키를 들고 걸어갔다.

양은 그리 많지는 않지만 쿠즈하와 같이 먹자.

"……어쩐지 옛날보다 이런 게 좋아졌어요."

쿠온에 있던 무렵에는 솔직히 음식의 맛 따위는 어느 정도 괜찮다면 그걸로 충분하다는 느낌이었다.

유일하게 좋아한 것은 묘하게 화학적인 맛이 나는 이상한 계열의 음료 정도지만, 그건 맛이 재미있으니까 좋다는 느낌이지 달콤하다는 이유가 아니었다.

하지만 최근에는 여자아이가 되어버린 영향인지 전보다 단 것을 무척 좋아하게 되어버린 느낌이었다. 사츠키 씨의 케이크, 남아 있는 건 아껴서 먹자.

"아마 쿠즈하, 오늘은 짐 나르는 걸 돕는다고 그랬죠."

분신은 마력을 소비하고 힘을 쓰는 일이기도 하니까 이중으로 피곤하겠지.

내 쪽은 할 일은 끝났으니까 같이 간식이라도 먹고 낮잠이라도 자자.

느긋하게 기지 안을 걸어가니 역시나 몇 번이나 말을 걸어왔다. 불러 세우지는 않지만 나를 이렇게 부르는 건 조금 진정이 안 된다.

가능한 한 사람들을 피하듯이 창고 틈새를 누비며 걸어갔다.

"히얏."

"우앗."

모퉁이에 접어들었을 때, 마침 누군가와 부딪혔다.

"아야야……."

"으음, 미안해요. 괜찮은가요…… 아, 크롬."

"밤피르?!"

부딪힌 상대는 아는 얼굴이었다.

과거에 싸운 적이 있는 상대, 크롬.

아무래도 비합법적인 용병 일을 하는 모양인 그녀는, 이런저런 사정이 있어서 반란군에 몸을 의지했다고 한다.

그 이런저런 사정이 무슨 의미인지는 묻지 않았다. 긴카 씨는 그렇게까지 자세히 이야기하지 않았고, 크롬 본인과 이야기를 나누려고 해도 항상 도망쳐 버리니까.

"아…… 그거……."

"허? 앗."

크롬이 가리킨 것은 내가 들고 있던 봉투.

안을 열어보니 받은 쿠키는 멋들어지게 쪼개져 있었다. 부딪힐 때에 부서져 버렸을 테지.

"아—…… 신경 쓰지 마세요. 제가 부주의했으니까."

"……으으."

"그보다도 크롬, 다친 곳은 없나요. 조금 묵직한 소리가 났다고 할까, 서로 빈유라서 쿠션이 없었네요."

"어째서 이 녀석은 양쪽 다 폄하하는 거야……?!"

아니, 하지만 양쪽 다 가슴이 작으니까요.

닿았을 때, 푹신한 느낌이 아니라 퍽이라는 느낌이었다.

서로 빈유니까 대미지는 클 수밖에 없다. 사츠키 씨처럼 큰 사람도 있는데, 살짝 세상은 부조리하다고 생각했다.

"……그거, 과자야?"

"아까 받은 쿠키에요. 나중에 친구랑 먹을 생각이었는데……. 뭐, 쪼개져도 먹을 수 있으니까요."

살짝 가루가 흘러나온 정도니까 허용 범위 안이겠지.

"그럼 크롬. 일 열심히 하세요."

크롬하고는 싸우지는 않지만, 전에 조금 다툼이 있었다.

그 일로 나는 그녀의 자존심을 상하게 만들었으니, 아마 미움받고 있겠지.

실제로 재회했을 때에는 험악한 분위기였고, 지금도 스쳐 지나가더라도 대화를 나누지는 않고, 오히려 가끔씩 나를 노려보기까지 했다.

다가오지 마, 넌지시 그렇게 말하는 것 같아서 나도 적극적으로 나서는 것을 피했다.

상대가 싫어하는데도 엮일 이유도 없으니까 순순히 물러나자.

"기, 기다려!"

"……왜 그러나요?"

설마 붙잡을 줄은 몰랐기에 놀랐다.

아마도 지금 나는 스스로도 놀랄 만큼 눈을 동그랗게 뜨고 있겠지.

크롬은 떨어지려는 내 손목을 붙잡아서 멈춰 세웠다. 예전과는 정반대인 상황에, 어떻게 해야 좋을지 머리를 굴렸다.

"저기, 무슨 일인가요."

"……이쪽."

"예?"

"됐으니까! 이쪽으로 오라고!!"

"와왓."

억지로 잡아당기는 바람에 나는 넘어질 뻔하면서 크롬을 따라 갔다. 정확하게는 끌려가는 거지만.

나를 어디론가 데려가려는 크롬은 어째선지 목덜미나 귀까지 새빨개서 어딘가 차분하지 못한 모습이었다.

"저기, 크롬. 열이 있다든지……."

"없어! 됐으니까 따라오라고 그러잖아! 처죽인다?!"

"저기, 죽고 싶지는 않으니까 순순히 따라갈게요."

정면에서 온다면 모를까, 진심으로 죽일 생각이 있다면 자고 있을 때에 습격하는 정도는 할 것 같으니까 나는 순순히 받아들여 뒀다.

이제까지 그렇게 나오지 않았던 것은, 싫기는 하지만 살의까지는 품지 않았다는 의미였다. 혹은 반란군을 위한 일이라며 억지로 납득하고 있을지도 모른다.

이 이상 미움을 사는 것도 피하고 싶으니까 쓸데없는 소리를 꺼내지 않고 따르기로 하자.

"여기, 갈 거야."

"……주방?"

끌려온 곳은 반란군의 식사를 준비하는 주방이었다.

시간대는 오후라서 이미 점심식사 뒷정리도 마쳤는지 주방 안에는 아무도 없었다.

"정말이지…… 잠깐 기다려."

기분 나쁜 듯이 눈썹을 찡그리고, 크롬은 앞치마를 입었다.

누가 어찌 봐도 지금부터 요리를 하는 복장. 크롬은 재빨리 재료와 조리 도구를 준비하기 시작했다.

"크롬…… 과자를 만들 줄 아나요?"

"……뭐 잘못됐어? 케이크 같은 건 무리지만 쿠키 정도는 만들 수 있어."

"잘못은 아니고…… 의외라서…… 그게, 어찌 봐도 요리랑은 거리가 멀 것 같으니까……."

"싸움 거는 거냐?!"

아니, 단순히 본 그대로라고 할까.

만났을 때는 득의양양한 표정으로 자기 이름을 대던 그녀로는 여겨지지 않았다. 앞치마 같은 일상적인 복장이 되어버리니 더더욱.

"아아! 정말이지! 너는!"

크롬은 연신 화를 내면서도 솜씨 좋게 쿠키 반죽을 만들었다.

밀가루가 날릴 것 같았지만 손놀림은 무척 꼼꼼했다. 어쩌면 의외로 가정적일지도 모르겠다.

"……좋아. 남은 건 반죽을 숙성시키고, 그 다음에 틀로 찍는 거야."

완성된 반죽을 두고 크롬은 필요가 없어진 조리 도구를 얼른 정리해 버렸다.

분위기가 무서워서 돕지는 못하고, 나는 그 모습을 그저 바라보게 되었다.

"후우…… 잠깐 휴식."

"수고했어요, 크롬."

"……아무리 그래도 친구랑 먹는데 쪼개진 쿠키는 그렇잖아. 나도 앞을 안 봤고."

"의외로 성실하군요……."

"아까부터 정말로 싸움 거는 거냐……?"

"아뇨, 그게 아니고요. 전에는 그런 거, 몰랐구나 해서."

"……당연하잖아. 서로 죽이려고 들었는데."

내게는 그저 귀찮은 일을 막았던 것뿐이었지만 크롬에게는 그건 진심으로 붙은 싸움이었을 테지.

"……그렇게 붙은 상대랑은 대화 나누기 어렵지 않나요?"

"딱히. 용병 일을 하다보면 드문 일도 아니고."

"으음……. 그럼 순수하게 전에 만났을 때 일로 화가 났나요?"

"그, 그거야, 다, 당연하잖아!"

어째선지 목소리가 뒤집혔는데 그만큼 화가 났다는 이야기겠지.

크롬은 얼굴을 새빨갛게 물들이고서 당장에라도 발을 동동 구를 것 같은 모습으로 나를 노려봤다.

"저주의 바람 크롬이라면, 그쪽에서는 이름이 알려져 있어! 그런 내가 그렇게나 간단히…… 그것도 속도에서 지다니, 당연히 굴욕이잖아!!"

"으음, 미, 미안해요."

"사과하지 마! 괜히 더 비참해지잖아!!"

화내는 재주라고 할까 뭐라고 할까, 크롬은 계속 화를 내면서 피곤하지도 않을까.

지적해 봐야 더 화를 낼 것 같으니 잠자코 있기로 했다.
"……나는 고아 출신이야."
"그런가요?"
"그래. 이 세계에서는 드문 일도 뭣도 아니지만……."
분노가 가라앉았는지 조금 진정된 모습으로 크롬은 이야기를 시작했다.
지금 자면 틀림없이 터무니없을 만큼 화를 낼 것 같으니까 순순히 들어두자.
"고아는 몸을 팔든지, 누군가로부터 빼앗든지, 누군가에게 빌붙는 것밖에 살아갈 방법은 없어……. 그래서 나는 빼앗는 걸 선택했지."
"그래서 용병 일을?"
"……그런 거야. 하지만 나는 보다시피 몸이 작아서 힘으로는 남자는커녕 다른 여자한테도 상대가 안 됐어."
"……그렇군요. 그래서 속도였군요."
작은 체구인 그녀에게, 속도는 선택의 여지가 없었던 일이었을 테지.
남자 같은 완력을 바랄 수는 없으니까 작은 체구를 최대한 살릴 수 있는 전투 방법을 익혔다. 그 결과로 지금 그녀는 저주의 바람이라 불릴 정도의 속도와 전투력을 쌓은 것이었다.
"그렇지. 그래서 나는 그걸 간단히 뒤집은 너를 용서할 수 없었어……."
"그건……."

"사과하지 말라고. 정말로 비참해지잖아. 게다가 지금은, 조금 다르거든."

"그런, 가요?"

의문을 던지자 의외일 만큼 시원스러운 표정으로 크롬은 나를 바라봤다.

호박색 눈동자에 깃든 빛은 과거에 만났을 때 같은 사나운 빛깔이 아니라 어쩐지 즐거워하는 것처럼도 보였다.

"너도 봤잖아. 『흑요』의 힘. 그렇게까지 강해졌다면 속도만으로는 공략할 수 없으니까."

"……확실히 그건 굉장했죠. 갑옷도 그렇지만 그걸 다루는 긴카 씨의 기량도."

"그렇지. 너를 쫓아 제국으로 와서 긴카와 만나고…… 속도는 내게 중요하다는 사실은 변함이 없지만 집착하는 건 그만뒀어."

후련해 보이는 그 말에 거짓은 없겠지.

숲의 수호자인 오즈왈드 군에게 속아서 크롬은 나를 쫓아 제국으로 왔다.

내가 긴 여행에서 이것저것 알게 된 것이 있었듯이, 크롬도 제국에서 이런저런 일이 있었겠지. 지금 이야기해 준 것은 그중 하나였다.

"뭐, 그래도 넌 미워하는데? 그러니까 만났을 때 덤벼들었지."

"어—…… 미안해요."

"그러니까 사과하지 말라니까. 그보다도 그쪽은 무슨 일이 있었던 거야."

“제 쪽, 말인가요?”

“반죽이 숙성될 때까지는 한가하니까 그 정도 이야기는 해줘도 되잖아. 어느샌가 동료가 늘고, 그 오드 아이 성기사까지 데리고 다니니까 꽤나 재미있는 여행을 했을 테지?”

“으음, 그러네요……. 일단 제가 제국으로 갔다는 건 거짓말이고 사실은 공화국에 있었어요.”

“……사실은 얼마 전부터 어렴풋이 속았다는 건 깨달았어.”

즉, 얼마 전까지는 믿고 있었나 보다.

새로이 안 그녀의 일면. 의외로 가정적이었다는 것도 포함해서, 조금은 즐거운 시간이라고 생각했다.

220 어른의 시간

"……푸핫."

목구멍으로 떨어진 것은 과일의 단맛에, 남은 것은 알코올의 알싸한 맛이었다.

오랜만에 느끼는 감각에 몸을 맡기자 의식이 둥실 떠오르는 것을 느꼈다.

좋은 기분이 드는 것을 자각하며 나는 맞은편에 앉은 상대에게 이야기를 건넸다.

"……술자리에 어울려 달라니, 꽤나 신기한 이야기를 하네, 아오바?"

"예, 뭐……. 과일주가 잘 되었는지 맛을 봐달라고 하기에 딱 적당하다 싶어서요. 게다가, 저 말고 마실 수 있는 사람이 페르노트 씨밖에 없으니까요."

"리셀은 다크 엘프니까 괜찮을 거라 생각하는데……. 그건 그렇고, 과일주가 익을 정도로 여기서 머무르고 있었다는 소리네."

반란군에 몸을 두고 확실히 오늘로 딱 30일째 정도였나.

체류 기간으로서는 길어졌다고 생각하지만 할 일이 많다보니 그만 잊어버릴 뻔했다.

"뭐, 이 정도는 괜찮겠지. 준비 기간이니까."

"전장에서 마실 수도 없으니까 말이죠."

"그런데 이거, 마시기 편하네. 떫은맛도 없고."

"와인이 아니니까요. 과일을 설탕과 술로 절인 거예요."

"흐응……."

처음 마시는 타입의 술이었다. 어쩌면 그녀가 고안해냈을까.

그녀는 셔우드라는 숲의 여왕이고, 이 전쟁을 끝내는 것과 맞바꾸어 영토를 얻을 생각이라고 한다.

이해가 분명한 상대라는 것은 고마운 법이다. 그 이해가 흔들리지 않는 한, 배신할 일은 없으니까.

무엇보다 아오바는 아르제의 지인이라고 한다. 그렇다면 신용해도 되겠지.

한 모금 더 들이키자 마시기 편하지만, 쉽게 취할 것 같은 술임을 깨달았다. 주당이라 불릴 정도로 마실 수 있는 건 아니니까 적당히 해두자.

"그건 그렇고, 이런 기호품까지 준비하다니."

"사람이 사람답게 있기 위해서 이런 건 필요해요. 제 숲에 인간은 없지만……, 마음이 통하는 상대가 많아서. 그들은 사람과 그리 다르지 않으니까요."

"……그래."

아오바의 말은 의연하게 울리는, 다시 말해 흔들림이 없는 편이었다.

도리어 단호하게도 들릴 만큼 확실하게 단언할 수 있다면 그녀 나름대로의 이유가 있는 거겠지. 그걸 캐물으려는 생각까지는 들지 않았다.

이야기한다면 듣겠지만 말하지 않는 것은 그런 의미이니까.

"지도자 덕분인지 화기애애한 분위기는 생기고 있지만, 모두가 그렇지는 않아요."

"그건…… 어쩔 수 없겠지. 집이나 소중한 이를 잃은 사람도 있으니까."

"예. 그러니까 그런 사람이 혼자서라도 즐겁다는 기분을 떠올릴 수 있도록 술이나, 과일이나, 약이나, 꽃을 만들어야겠다고 생각했어요."

잔을 흔들고 아오바는 술을 단숨에 비워버렸다.

"……예. 맛이 좋네요."

"너, 마실 수 있구나……."

"마실 수 있다고 할까…… 순환 기능이 너무 강해서 알라우네는 취하지 않아요. 그러니까 반란군 여러분에게 대접하기 전에 알코올이 어느 정도 강한지 확인하고 싶어서 페르노트 씨를 초대했어요."

……그렇구나.

이유에 납득하고 나는 다시금 잔에 남은 액체를 바라봤다.

과일의 색깔인지 루비 같은 붉은색이었다. 조금 취기가 도는 것인지 빨려들 것 같다, 그렇게 느끼고 말았다.

흥미 깊게 보는 것처럼 보였는지 아오바가 말을 건넸다.

"양매(楊梅)라고 하는데, 아시나요?"

"들은 적 없네."

"그런가요……. 뭐, 제가 품종을 개량한 거니까요."

"아핫, 그게 뭐야, 그럼 내가 어떻게 알아."

"아뇨, 일단 이 세계에 이미 있는 걸까 싶어서요."

상대의 말에 기분 좋게 웃음이 새어나올 만큼, 무척 취한 듯했다.

아오바의 이런 천연덕스러운 부분은 어쩐지 아르제와 닮았다고 생각했다.

친척이라고 한다면 납득하겠지만, 알라우네와 흡혈귀니까 역시나 그건 아니겠지.

"……제국이라."

그리운 이름을 최근에는 자주 듣게 되었다.

기사로서 근무하던 때에는 몇 번이나 격돌한 상대였다. 하지만 지금 제국은 옛날보다도 훨씬 성가시다고 생각한다.

하늘을 나는 철로 된 배에 사냥개 부대. 그리고 인공 정령이 깃든 강력한 아티팩트.

그것들 모두가 기술자 하나의 손으로 만들어졌다는 사실에는 솔직히 놀랐다.

"옛날 일이라도 떠올랐나요?"

"그러네. 조금. 하지만 기사 시절보다는 성가시겠어."

"……쿠온 가문은 위험하니까요."

"알고 있어? 나는 들어본 적 없는데."

"……뭐, 조금. 소문 정도네요."

기사 시절에 들은 적이 없는 이름이라면 은거한 동안에 유명해졌나.

신문은 빠짐없이 읽었다고 생각하는데, 역시나 일선에서 물러나면 최신 정보라는 것은 손에 들어오지 않게 되어버리는 법이다.

"음—…… 뭐, 그 비행선 정도라면, 다섯 척 정도라면 떨어뜨릴 수 있겠지만."

"지금 넌지시 흘려들을 수 없는 느낌의 말이 들렸는데요……?!"

"그게 말이지, 어찌 봐도 이동은 느렸고, 요격용 무장도 대포고, 마력적인 기능은 자신의 존재를 감추는 것뿐이잖아? 밑에서 이렇게, 머티리얼라이제이션으로 콰광 해치우면."

"콰광……."

아오바가 어이없다는 표정을 띠었는데 무슨 이상한 소리라도 했나.

적어도 그 정도라면 산을 둘로 가르거나 흑요를 꿰뚫는 것보다는 쉽다고 생각하는데.

미묘한 표정인 아오바를 보고 고개를 갸웃거리며 나는 남은 술을 들이켰다. 바로 추가로 술을 따라버렸으니까 함부로 비우지 않도록 하자. 만취하는 건 아무래도 멋이 없다.

"……아오바는, 이 싸움이 끝나면 어떻게 할 거야?"

"그거, 사망 플래그네요."

"플래……?"

"어, 아뇨. 아무것도 아니에요. 셔우드의 여왕으로서, 아르제 씨를 데리고 개선하는 걸까요."

"어, 아르제를 데려갈 생각이야?!"

"예, 뭐……. 원래 그런 약속이니까요."

그 이야기는 처음 들었기에 놀라버렸다.

"아르제 씨는 이미 잔뜩 노력했으니까요. 그 후로는 제 숲에서 느긋한 시간을 보내줬으면 해요."

"……그 아이를 꽤나 걱정하는구나."

"그건 훨씬 옛날부터 그랬으니까요."

그 말은 마치 태어나기 전부터 그랬다고 이야기하는 것만 같은, 확고한 말이었다.

"페르노트 씨는 어쩔 생각인가요?"

"나, 는…… 으음……."

"개인적인 견해인데, 전쟁이 잘 수습된다면 구세주로 받들어질 거라 생각하는데요."

"……앗."

듣고 보니 확실히 폐하라면 그렇게 할 것 같다.

이대로 제국으로 뛰어들어서 전쟁을 막는다면 아무래도 내 이름은 알려지게 된다. 그렇게 된다면 폐하는 희희낙락해서 나를 또다시 왕국으로 끌어들이겠지.

딱히 다시 한번 기사가 되는 것이 싫지는 않지만 그다지 눈에 띄고 싶지는 않다는 것도 본심이다. 이러니저러니 해도, 은거 생활도 즐거웠으니까.

"……그 반응을 봐서는, 그렇다면 지금 깨달은 느낌이네요?"

"……으으, 어쩌지."

"후훗. 차라리 제 숲으로 모습을 감추러 올래요?"

"새, 생각해 둘게……."

취기가 깰 정도로 식은땀을 흘리기 시작한 나를 보고 아오바는 즐거운 듯 미소 지었다.

“……후후후.”

“뭐, 뭐야. 즐거워 보이는데.”

“아뇨. 이기는 것 말고는 생각하지 않는구나 싶어서.”

“당연하잖아.”

패배했을 때를 생각하면 그것만으로도 소극적이게 된다.

이긴다는 강한 의지가 있기에 그 너머의 일을 생각할 수 있다. 이겨서 살아남겠다고 강하게 생각하기에.

“확실하게 이기고 끝내서, 모두 함께 돌아가는 거야, 아오바.”

“예. 물론이죠. 그때는 또 술이라도 마시죠.”

“흣. 괜찮네, 그거.”

새로이 생긴 친구와 술을 마신다. 그런 것도 나쁘지 않겠지.

……기대가 또 하나, 늘어나 버렸네.

그걸 싫다고 느끼지는 않으며, 나는 과일주를 비웠다.

221 여우 소녀의 수련장

"아읏."

쿵, 지면에 머리를 부딪치고 아파서 얼굴을 찌푸렸다.

흙냄새를 뿌리치듯 서둘러서 일어서자 페르노트 씨가 목검을 든 채 이쪽을 보고 있었다.

"……쿠즈하, 괜찮겠어?"

조용한 말은 내 부상을 걱정하는 것이 아니라 계속하겠냐는 물음이었다.

대답은 당연히 하나. 나는 말을 대신해서 분신과 함께 상대를 향해 달려갔다.

분신과 함께 뒤섞여서 온갖 방향에서의 동시 공격. 회피도 방어도, 혼자서는 수가 달릴 터……!!

"다단 동시 공격. 그건 너의 가장 큰 강점이지만——."

"흐규?!"

"——기척으로 전부, 알 수 있어."

"으으으, 아직 미숙한 거예요……."

상대가 피할 곳을 틀어막는, 전방위적인 공격을 할 생각이었다.

하지만 상대는 피하지 않고 오히려 단숨에 분신을 모두 처리, 본체인 나를 깔아 눕혔다.

"애당초 어떻게 제가 본체인지 안 거예요……?"

"본체가 가장 안전한 곳에 있잖아."

"아아……."

단적인 말이지만 확실히 그랬다.

분신은 얼마든지 만들 수 있지만 나는 한 사람.

그걸 이해하고 있는 나와 그런 내가 만들어 낸 분신이기에, 분신들은 더욱 위험한 위치를 잡고 마는 경향이 있었다.

"오늘은 여기까지 하자. 너무 긴장한대도 어쩔 수 없으니까."

"고맙습니다, 페르노트 씨."

"됐어. 어디 아파? 간단한 상처라면 힐 해줄게. 아니면 아르제한테 치료해 달라고 할래?"

"……죄송한데 부탁드릴 수 있을까요?"

솔직하게 부탁하자 페르노트 씨는 미소를 띠며 회복 마법을 걸어주었다.

……꿰뚫어 보고 있군요.

아르제 씨한테 알리고 싶지 않다는 것을 말하지 않더라도 알아차렸다.

그래서 페르노트 씨는 아무 말도 않고서 나랑 어울려 주면서, 이렇게 상처 치료도 해주는 거겠지.

"미안해, 아팠지."

"아뇨, 제가 이야기를 꺼낸 건데요. 괜찮아요."

목검에 맞은 타박상과 통증은 완전히 사라졌다.

피로까지는 회복되지 않았지만 거기까지 가면 아르제 씨의 영역이다. 이 피로도 내가 아직 미숙하다는 증거로 똑똑히 받아들이자.

"──."

"리셀 씨, 고마워요."

걱정스럽게 말을 건네는 리셀 씨에게 머리를 숙이자 안도한 듯 미소가 돌아왔다.

말은 안 통하지만 걱정해주는 것은 알 수 있었다.

"아까도 말했지만 너무 외골수로 생각하지는 않는 편이 좋아."

"알고 있어요. 저도 곧바로 페르노트 씨나 아르제 씨를 좇아갈 수 있다고 생각하진 않는 거예요."

우리 어머니는 꼬리 아홉 달린 대요호였다.

그 딸인 내 꼬리는 아직 어머니에게는 미치지 못한다.

페르노트 씨나 아르제 씨는 진심을 발휘하면 어머님과 맞붙을 수 있을 정도의 실력자다. 꼬리의 숫자가 부족한 새끼 여우인 나는 틀림없이 나란히 싸우기에는 부족하다.

사실 전날의 모의전에서 혹시 내가 싸웠다면 어떻게 되었을지 자문에 대한 대답이 나오지 않았다.

"하지만…… 큰 싸움을 앞두고 응석은 허락되지 않는 거예요."

"그게 지나친 부담이라고 그러는 거야."

"하앙."

딱콩, 이마를 맞고 나는 눈을 동그랗게 떴다.

조금 전보다도 열린 시야 안에서 두 색깔의 눈이 다정하게 호를 그렸다.

"……너희는 참 닮은 꼴이구나."

"어, 뭐, 뭐가 말인가요?!"

"친구는 엄청 걱정하면서 스스로에게는 너무 무심해. 어떤 의미로는 밸런스가 맞겠지만 혼자가 된 순간이 걱정이야."

"으…… 그, 그럴까요……."

스스로는 그런 생각은 없었지만, 무척 걱정을 끼치고 말았나 보다.

불편한 심정을 느끼며 올려다봤더니 마주한 표정은 어디까지고 다정했다. 내가 어리다고 그러는 것 같아서 조금 부끄럽기도 했다.

"뭐, 마음은 알겠어. 발목을 잡고 싶지는 않고, 무엇보다…… 아르제가 소중한 거잖아?"

"그건 물론이에요. 페르노트 씨도 그렇겠죠."

"아, 으—음, 그건 뭐……. 뭐, 조금 의미가 다르다고 할까, 좋아하기는 좋아하는데 그게……."

"페르노트 씨?"

"아, 아무것도 아니야! 좋아해! 엄청 좋아해! 나한테도 은인이니까!"

원래 왕국의 기사인 페르노트 씨는 임무 중의 부상 탓에 일선에서 물러났다.

그런 그녀가 잃어버린 시력을 되찾아준 것이 아르제 씨라고, 그렇게 들었다.

이유나 경위는 다르지만 우리는 똑같이 아르제 씨에게 구원을 받은 것이다.

"그러니까 마음은 아니까, 비어 있는 시간으로 괜찮다면 이렇게 상대해줄게."

"정말 감사한 거예요."

페르노트 씨의 실력은 이제까지의 여행으로 알고 있다.

그래서 안심하고 연습을 할 수 있으니까, 전력으로 상대를 부탁한 것이었다.

"……너무 초조하게 굴지 않도록 해. 봐, 리셀도 걱정하는 모양이니까."

"——."

"……조심할게요."

초조하게 굴지 말라, 그런 말을 들을 정도로는 걱정을 끼치고 만 것이었다.

계속 함께 여행하던 동료에게 그리 보인다면, 틀림없이 나는 초조하게 굴고 있겠지.

마음을 가라앉히기 위해서 호흡을 가다듬자 풀 냄새가 기분 좋았다. 훈련장이 밖에 있다는 것은 조금 기분이 좋은 일이었다.

"기분 전환으로 아르제한테라도 가보면 어때? 어차피 자고 있을 테니까."

"……그러네, 요. 그럼 오늘은 이 정도로. 감사합니다, 페르노트 씨."

깊이 머리를 숙인 뒤, 나는 훈련장을 뒤로했다.

아르제 씨와 만날 수 있다. 그리 생각하는 것만으로도 자연스럽게 발걸음은 빨라지고 꼬리가 흔들렸다.

222 서비스 컷 타임

의식이 흔들리는 것은 졸음. 내게 어디까지고 다정하며 안심할 수 있는 감각이었다.

……아아, 역시 이 시간은 최고예요……♪

의식 유무의 경계. 기분 좋은 시간. 마치 구름 위에 떠 있는 것처럼 둥실둥실해서 기분 좋다.

"으헤헤…… 앞으로 열두 시간……♪"

"저기, 아르제 씨. 아무리 그래도 그건 너무 잔다고 할까…….
좀 일어나시는 거예요."

"흐뮤…… 으으응……?"

흔들흔들 몸이 흔들려 수면과 각성 사이에서 일렁이던 의식이 단숨에 떠오르고 말았다.

조금만 더 자고 싶은 기분에 몸을 맡기고 싶다며 고개를 내젓자 폭신폭신한 것에 얼굴이 파묻혔다.

포근한 감촉은 조금 간지러웠지만 편안했다. 잠기운에 빠지듯이 나는 얼굴을 비비적비비적 비볐다.

"흐응…… 폭신폭신 베개……♪"

"히얏…… 아, 아르제 씨! 거긴 제 꼬리인 거예요!"

"으엥…… 어어, 쿠즈하……?"

기억에 있는 목소리의 비명을 듣고 의식을 깨웠더니 아는 사람이었다.

쿠즈하가 살짝 눈물을 글썽이며 나를 내려다보고 있었다. 폭신폭신한 감촉의 정체를 확인해봤더니 그녀의 꼬리였다.

"으음, 미안해요. 잠이 덜 깬 바람에 그만."

"그건 상관없지만, 좀 너무 많이 잔다고요? 개인실에 문도 안 잠그고, 부주의한 거예요."

내가 놓은 꼬리를 손으로 빗어서 정리하며 쿠즈하가 한숨을 내쉬었다. 어쩐지 어머니 같았다.

"그렇게 쿠즈하, 무슨 용건인가요?"

"오랜만에 옷을 만들어 온 거예요!"

신이 난 쿠즈하가 신작으로 보이는 옷을 꺼냈다.

보아하니 그것은 진한 색깔이기는 한데, 어떤 옷인지는 역시나 한눈에 알아볼 수는 없었다.

"사츠키 씨한테도 배워서 전보다도 공들인 디자인도 할 수 있게 된 거예요."

"전부터 무척 공들였다고 생각하는데요……."

이제까지 쿠즈하가 만든 것은 메이드 옷과 일본풍 옷.

양쪽 모두 제대로 된 만듦새와 디자인으로, 완성도는 차고 넘칠 정도였다.

기본적으로는 제노 군에게 받은 평소의 로브 차림으로 있지만, 역시나 친구한테 받은 옷이니까 가끔은 입으려 하고 있었다.

"으음…… 그럼 이걸 입으면 되는군요?"

"예, 꼭이요! 아, 입는 거 도울까요?"

"어, 아니, 그게…… 보, 보면 알 수 있으니까요."

예전의 나라면 솔직하게 따랐을 테지만, 최근에는 알몸을 드러내는 것에 조금은 저항이 있었다.

살며시 거절하자 어째선지 쿠즈하는 꼬리와 귀를 시무룩하게 늘어뜨린다.

"그렇군요……. 그럼 밖에 있을 테니까 다 입으면 불러주시는 거예요."

쿠즈하가 방에서 나가는 것을 확인한 뒤, 나는 내 옷을 벗었다.

"……속옷을 입고 있는 것도 익숙해져 버렸네요."

어느샌가 여자아이다운 의상을 착용하는 것도 귀찮다고 느끼지 않게 되었다.

오히려 평소의 복장이 치마뿐이라서 팬티만큼은 확실하게 입으려고 했다.

"영차……. 우와, 여전히 딱 맞아……."

쿠즈하는 처음으로 옷을 만들 때에 내 치수를 쟀고, 흡혈귀는 성장도 열화도 안 하니까 그때 쟀던 그대로 만들면 그렇게 된다.

소매에 팔을 넣고, 치마를 입고, 다리는 타이츠. 두꺼운 부츠에 발을 넣으니 복슬복슬한 감촉이 기분 좋았다.

마지막으로 모자를 쓰면 옷 갈아입기는 완료다.

"이건…… 으음, 군복?"

자신의 모습을 바라보고 단적으로 나온 감상은 그것이었다.

깔끔한 디자인에 노출도는 적었다.

의문을 흘리는 참에 방문을 노크하는 소리가 들렸다.

"아, 들어오세요."

옷은 갈아입었으니까 이제 들어와도 상관없었다.
노크에 대답하니 쿠즈하는 들어오자마자 기뻐하며 내게 다가왔다.
"아아, 역시 잘 어울려요! 어디 끼는 곳은 없나요?"
"아뇨, 괜찮아요. 딱 맞아요. 쿠즈하, 이 옷은……."
"제국의 군인이 입는 옷이라고 하는 거예요. 하는 일은 몰라도 옷은 귀여우니까 디자인을 훔쳐 봤어요."
"그렇군요."
사냥개 부대 사람들이 입는 것과는 다르지만, 그건 아마도 공식이라기보다는 친위대 같은 느낌일 테니까 이쪽이 제국의 제복인가.
제대로 온몸을 가리는 형태면서 비교적 움직이기 편했다. 군인은 아니지만, 착용감은 비교적 괜찮았다.
"……하지만 이거, 반란군의 거점에서 입으면 눈에 띄겠네요."
"예…… 사실은 분위기를 타서 만들어 버린 건 좋은데, 이제 어쩌면 좋을까 싶어서……."
"그럴 때도 있죠……."
의욕이 생겨버린 것은 좋은데 실용성 같은 게 거의 없거나 미처 소화를 못 하거나, 그런 녀석.
완성도가 좋은 만큼 아쉽지만 사용할 기회는 그다지 없을 듯했다.
"으음…… 아, 그런 거예요! 이걸 입고 잠입한다든지!"
"……아무리 그래도 이런 어린애 체형으로 입고 있으면 수상쩍

게 여길 것 같은데요.”

“으으, 그러네요…….”

“뭐, 모처럼 만들어 줘서 기뻐요. 고마워요, 쿠즈하.”

사용할 곳은 없을 것 같지만 열심히 만들어 준 것은 정말이다.

그렇다면 제대로 받아줘야지. 전처럼 타버려서 알몸이 될 일이 없다고 단정할 수도 없고.

“아뇨, 아르제 씨가 기뻐한다면 괜찮은 거예요……. 분위기를 타서 만든 보람이 있네요.”

“일단 오늘은 밖에 나갈 예정도 없으니까 이대로 지내볼게요.”

“그, 그러면 이렇게, 한번 빙글 돌아보지 않을래요? 전체를 보고 싶은 거예요!”

“……뭐, 쿠즈하가 보고 싶다면.”

조금 부끄럽다는 심정도 들지만 만들어 준 쿠즈하가 그렇게 말한다면 조금은 어울려 줘야겠지.

가볍게 서비스하면서 나는 쿠즈하와 친구 사이의 시간을 보냈다.

낮잠은 좋지만 이런 것도 조금은 나쁘지 않다. 어쩐지 최근에는 그렇게 생각했다.

223 어린애 상대는 힘들다

"에에잇, 끈질기네! 나한테 신경 쓰지 말라고 하잖아!"

기억에 있는 말이 들려 낮잠에서 깨어났다.

"으뉴……?"

눈을 떠서 주위를 둘러보니 해가 높이 떠있었다.

……아직 낮잠에 들고 그렇게 시간이 지나지는 않았네요.

풀숲 위가 기분 좋아서 그만 잠들어 버린 모양이다.

"아후……."

일어서서 하품을 흘리며 가볍게 기지개를 켰다.

수면의 권태감이 느릿하게 풀리고 막 깨어난 의식이 천천히 각성하는 것을 자각하며 나는 주위를 둘러봤다.

"……크롬?"

아는 얼굴을 발견하고 나는 일어났다.

다가가 보니 크롬에게 아이가 달라붙어 있는 모양새로, 좀 더 말하면 그 아이도 지인이었다.

"쿠즈하."

"어라, 아르제 씨. 수고하시는 거예요."

"아뇨, 저 오늘은 딱히 아무 일도 없다고 할까 조금 전까지 자고 있었는데요……."

"밤피르! 이 녀석, 네가 아는 녀석이잖아! 어떻게든 좀 해봐!!"

"무슨 상황인가요, 그건……."

잘은 모르겠지만 크롬은 쿠즈하한테서 도망치려 하는 모양이었다.

쿠즈하 쪽은 어떠냐면, 어째선지 분신까지 만들어서 크롬의 양팔을 단단히 고정하고 있었다.

"쿠즈하, 크롬한테 무슨 용건인가요?"

"사실은 오늘 장을 보러 가서 과자를 손에 넣은 거예요. 그래서 크롬 씨도 어떨까 했는데……."

"나는 됐다고 그러잖아! 다도회 같은 건 안 어울린다고!"

"아—, 그렇군요……."

일단 두 사람의 이야기로 상황은 알았다.

쿠즈하가 권유하고 크롬이 도망치는 모양새인가.

……크롬, 거북한가 보네요.

반란군 가운데서도 그녀가 다른 사람과 있는 모습은 그다지 본 적이 없었다.

혼자가 좋은가, 타인과 어울리는 게 서투른가, 양쪽 모두인가.

여하튼 쿠즈하 같은 타입은 크롬으로서는 상대하기 어렵겠지.

"그렇지만, 다 같이 먹는 편이 맛있어요. 게다가 긴카 씨도 크롬 씨가 오는 걸 기다리는 거예요!"

이렇다시피 거절당해도 한없이 밝은 것이었다.

침울해하기는커녕 미소로 밀고 들어오는 쿠즈하. 분신까지 함께할 때에 얼마나 끈질기냐면 나도 낮잠을 포기할 정도다.

"……명령이라면 갈게."

"그런 말을 하면 이렇게 말하라고 그런 거예요. '명령할 정도는 아니지만 와준다면 기쁘겠다'라고."
"윽…… 그 녀석은……."
크롬의 성격을 알기 때문이겠지. 더 거절하기 힘든 느낌의 전언이었다.
빠득빠득, 이 가는 소리가 들릴 정도의 표정을 짓더니——.
"흘러가라."
——눈 깜박할 틈도 없이 순식간에 구속에서 벗어났다.
"후와……?!"
놀란 목소리를 흘린 것도 잠깐. 크롬은 흑발이 나부낄 틈도 없이 한순간에 거리를 벌렸다.
구속을 놓친 쪽인 쿠즈하는 자신의 분신인 부시하와 얼굴을 마주 봤다.
"굉장해요……!"
"……순순히 놀라면 불편한데."
"쿠즈하는 순수하니까요."
"……어찌 됐든 나는 그런 건 참가 안 해. 긴카한테도 그렇게 말해둬."
자신의 의견을 간결하게 이야기하고 크롬은 빙글, 발길을 돌려버렸다.
쿠즈하가 말을 건네기 전에, 그녀는 창고 사이를 누비듯이 사라졌다.
"앗……."
"쿠즈하, 크롬한테도 사정이 있으니까요."

"으으…… 알겠어요. 그럼 아르제 씨, 미안한데 이걸 부탁할 수 있을까요?"

시무룩하게 꼬리와 귀를 늘어뜨리며 쿠즈하는 내게 주머니를 건넸다.

내용물을 확인했더니 그건 여러 과자를 골고루 넣은 물건인 듯했다.

"시온 씨한테, 도저히 올 생각이 없는 것 같다면 이걸 주라고 부탁을 받은 거예요."

"용의주도하네요……."

많은 의미에서 이해하고 있다는 거겠지. 긴카 씨도 시온 씨도, 크롬을 걱정한다는 뜻이었다.

"안타깝지만 저로서는 붙잡을 수 없을 것 같으니까요……."

"뭐, 그렇겠죠. 크롬, 다리가 빠르니까요."

그녀는 어쨌든 빠르니까 아무리 쿠즈하라도 쫓을 수는 없겠지.

아까 붙잡았던 것은 단순히 크롬에게 쿠즈하가 불편한 상대였기 때문일 뿐, 진심을 발휘한 그녀라면 금세 붙잡힐 일은 없다.

"알겠어요, 건네둘게요."

"고마워요. 끝나면 와주시는 거예요, 다도회 준비를 하고 기다릴게요."

부시하를 돌려놓고 쿠즈하는 내게서 멀어졌다.

과자 주머니를 받아든 나는 가볍게 주위를 둘러본 뒤 입을 열었다.

"……크롬, 이제 나와도 되는데요."

"……잘도 알아차렸네."

창고 지붕에서 불쑥 얼굴을 내민 것은 크롬이었다.

들러붙은 피 냄새가 그녀의 존재를 가르쳐 주었다.

쿠즈하도 그건 알고 있었을 테지만 잡을 수는 없다고 생각했을 테지.

"영차."

소리도 없이 착지해서 크롬은 이쪽으로 다가왔다.

"……역시 소리가 안 나는 건 그 팔찌 덕분인가요?"

"……어, 그렇지. 『스며드는 음사아』. 소유자가 내는 소리를 지우고, 저주를 걸면 상대의 귀를 망가뜨린다. 그런 아티팩트야."

크롬의 신속에 『스며드는 음사아』를 이용한 소리 차단.

소리 없는 고속의 움직임은 상대를 희롱하고 확실하게 처리하는 데에 편리하겠지. 전투 스타일에 맞는다고 할 수 있었다.

"……저기, 일단 이거 받아요."

"……흥."

과자 주머니를 건네자 퉁명스러운 태도를 취했지만, 크롬은 거부하지는 않았다.

"정말이지, 그 애는 대체 뭐냐고."

"음, 제 친구예요. 기운이 넘치지만, 그 기운이 조금 지나쳐서."

"넌 잘도 저런 녀석이랑 어울리는구나……. 아니, 딱 맞나?"

딱 맞는다, 그 말의 의미는 모르겠지만 크롬은 멋대로 납득한 듯했다.

흑발을 마구 헝클어뜨리고, 그녀는 풀밭에 앉았다.

별생각 없이 옆자리에 앉았더니 옆쪽에서 알사탕을 불쑥 건넸다.

"음."

"아, 고마워요."

건네니까 순순히 받아들어 입으로 던져 넣자 설탕을 그대로 굳힌 것 같은, 감칠맛 나는 단맛이 퍼졌다.

내가 있던 세계에서 말하는 '달고나'와 닮은 맛을 즐기는 동안, 옆의 상대도 같은 걸 입 안에 던져 넣는다,

"그 애가 불렀잖아? 안 가도 돼?"

"아뇨, 지금 막 일어났으니까 조금 더 잠이 깬 다음에 가야지, 안 그러면 따라가는 게 큰일이라서."

"……그건 그렇겠네."

납득한 모습으로 크롬은 풀밭에 드러누웠다.

"어린애 상대는 힘들어……."

"크롬도 별로 차이가 없는 나이로 보이는데요."

"뭐야?! 나는 이미 열여덟이라고?! 그런 어린애랑 같이 취급하지 마!"

"어, 그런 몸으로 열여덟……?!"

"너 어딜 중점적으로 봤어? 죽여 버릴 테니까 말해봐!!"

죽고 싶지는 않으니까 가슴을 봤다는 말은 속으로만 곱씹었더니, 크롬은 혀를 차더니 휙휙 손을 내저었다. 저리 가라, 그런 의미인 듯했다.

그만 장난을 치고 마는 스스로를 자각하며 나는 그녀에게서 떨

어지기로 했다.

입 안을 굴러다니는 단맛은 깊게, 천천히 녹아들었다.

224 흡혈귀 씨와 용병 씨

"저기…… 나는 과자 장인이 아니라고……?"

입으로는 투덜투덜 불평하면서도 크롬은 갓 구운 쿠키를 내게 건네주었다.

"아뇨, 이번에도 일부러 그런 건 아닌데요……."

밤중에 왠지 모르게 깨는 바람에 물을 마시려고 밖으로 나온 것이 조금 전.

주방으로 갔더니 크롬이 과자를 굽는 모습을 본 탓에, 이렇게 대접을 받게 되었다.

그렇다고는 해도 딱히 내가 청한 것은 아니고 크롬 쪽에서 권유했지만.

지적하자 크롬은 어쩐지 부끄럽다는 듯이 뺨을 붉혔다.

"……그런 건 알아. 나눠줄 테니까 아무한테도 말하지 말라고."

"으음…… 크롬이 밤중에 몰래 군살의 원인을 섭취했다는 걸?"

"돼지가 아냐! 자, 보라고, 군살 같은 건 없잖아!!"

"그러네요…… 평평해요……."

"너 배가 아니라 가슴 보고 말하는 거지?! 그렇지?! 죽인다!!"

죽고 싶지는 않아서 입을 다물자 크롬은 얼굴을 새빨갛게 물들이며 허억허억 호흡을 가다듬었다.

……재미있네.

페르노트 씨와는 다른 의미로 놀리면 재미있다.

너무 놀렸다가는 진심으로 덤빌지도 모르니까 적당히 해야겠지만, 나도 모르게 나와버린다.

"……그런 게 아니고, 내가 과자를 만들었다는 이야기를 하지 말라는 거야."

"알려지면 안 되나요? 버터가 귀중품이니까 혼이 난다든지?"

"재료는 내가 개인적으로 산 거니까 그럴 일은 없어. 단순히, 과자를 만들 수 있다는 게 알려지면 귀찮아서 그러는 거야."

"아, 그런 이유였나요."

그러니까 알려져서 과자를 만들어 달라는 부탁을 받는 게 싫은가.

그러고 보니 전에 쿠키를 만들어 줬을 때도, '내가 만들어 줬다고 말하지 마'라며 못을 박았다.

그 심정은 알 수 있으니까 앞으로도 말하지 말자.

"냐암……. 아, 맛있네요."

바삭바삭한 식감을 즐기는 사이, 앞에 찻잔이 놓였다.

타준 상대를 봤더니 어쩐지 언짢다는 표정을 띠면서도 뺨을 물들인 상태.

"자, 목마르겠지. 마셔."

"고마워요."

이러쿵저러쿵하면서도 크롬은 의외로 남을 잘 돌본다. 곤란해하는 사람이 있다면 은근슬쩍 도와준다든지 그러는 모습을 자주 봤다.

처음 만났을 때는 싸우기만 했으니까 몰랐던 일면. 그걸 알게 된 것은 조금 즐겁게 여겨졌다.

"말해두겠는데, 먹고 나면 제대로 이를 닦아. 배 내놓고서 자지 말고."

끈적끈적하다고 생각했던 특유의 말투도 이렇게 평범하게 대화하면 그냥 버릇 정도로만 여겨지는 것이 신기하다. 오히려 이렇게 남을 돌보는 모습은 어쩐지 언니나 어머니처럼도 보였다.

호박색 눈을 날카롭게 뜨면서도 크롬도 쿠키를 먹고 있었다. 의외로 달콤한 걸 좋아하나 보다.

"회복 마법으로 깨끗이 하면 되니까요."

"……그거 보통은 그냥 이를 닦는 쪽이 마력의 소비 측면에서 낫잖아. 대체 마력이 얼마나 남아도는 거야."

"그러고 보니 페르노트 씨도 자주 그런 소리를 했어요."

내가 사용하는 고위 회복 마법은 본래라면 굉장히 마력 소모가 크다.

목욕 대신에 사용하는 정도라면 그냥 목욕을 하는 편이 수고가 덜 들 정도로 연비가 좋지 않은 마법이라나.

물론 그건 통상적인 경우의 이야기. 막대한 마력과 회복력을 가진 내게는 그다지 큰 문제가 아니지만.

"아, 이 차도 맛있네요."

"찻잎에 과일 향이 배도록 만든 녀석이야. 좋아하거든. 조금 비싸지만."

이른바 플레이버 티라고 불리는 그건가.

레몬 티 등이 이에 해당될 텐데, 이세계에도 있구나.

둥실, 후각에 닿는 향기는 달콤하고 복숭아와 비슷했다.

크롬은 거기에 설탕을 두 조각 정도 넣었다. 역시나 무척 단것을 좋아하는구나.

"후아……."

"크롬, 단걸 좋아하나요?"

"그럭저럭. 피곤할 때는 단걸 먹어야지."

"피곤할 때……. 뭐, 그러네요. 영양분이 부족했던 모양이니까."

"너 또 가슴 보고 그러는 거지?!"

"역시 고아라서 영양분이 부족했나요?"

"죽고 싶은 거지?! 그렇지?!"

이런, 그만 놀리고 말았다.

너무나도 놀리기에 좋으니까 유혹에 패배해 버렸다.

크롬은 빠득빠득 이를 갈며 한바탕 나를 노려본 뒤, 분노를 삼키듯이 차를 들이켰다.

테이블에 앉지 않고 선 채로 나를 내려다보며 크롬은 다시 입을 열었다.

"딱히 나는 가슴 따윈 없어도 돼. 분명 무거워서 움직이기 불편할 거라고?"

"네, 그런가요."

그런 것치고는 지적하면 엄청 노려보는 건 어째서일까.

"뭐, 조금은, 그 성기사님의 가슴을 보면 잘라내고 싶지만."

그건 틀림없이 신경 쓰는 거네요.

그런 생각이 들지만, 아무리 그래도 목숨이 아까우니까 목구멍에서 꿀꺽 삼켰다.

"애당초 체형을 따지자면 너도 그렇게 다르지 않잖아?! 이, 이 납작한 게!"

"아, 잠깐만요, 크롬, 그렇게 갑자기…… 아, 아야."

"……어, 째, 서, 나보다 살짝 크냐고오오오……!!"

"아으, 그, 그런 거 몰라요……. 크, 크롬, 조금 강, 해요……."

자기가 만져놓고는 부조리한 이야기라고 생각하지만 크롬이 화를 냈다.

옷 너머라고는 해도 그렇게 힘껏 붙잡으면 역시나 아프다.

항의하는 목소리를 높이자 크롬은 퍼뜩 정신이 든 표정으로 손을 뗐다.

"미, 미안해……."

"으, 뜯어지는 줄 알았어요……. 그렇게 있지도 않은데요……."

"나보다는 있잖아! 이 배신자!!"

"배신했다느니 그러는 건 뭔가요, 이거……. 아픈 거 아픈 거 날아가라……."

찌릿찌릿 아픈 가슴에 일단 가볍게 회복 마법을 걸어뒀다.

크롬은 투덜투덜 그러면서도 미안하다고는 생각하는지, 나머지 구운 쿠키를 말없이 건넸다.

"어어, 고마워요"

"흥."

뾰로통한 얼굴로 크롬은 나가버렸다. 정리는 해둬라, 그런 의미겠지.

앞으로 너무 가슴으로 놀리는 건 그만두자. 참을 수 있는 한.

"……응, 역시 맛있어."

바삭, 기분 좋은 소리가 나밖에 없는 주방에 울렸다.

단맛이 부드럽게 녹아드는 것은 자연에서 유래한 재료만 사용했기 때문이겠지. 내가 있던 세계에서 판매되는 과자처럼 안정감 있는 맛은 아니지만 이건 이것대로 손수 만든 느낌이 들어서 좋았다.

"크롬? 있나?"

"아, 긴카 씨."

"아르제? 크롬……은, 엇갈린 모양이네."

테이블에 펼쳐져 있는 2인분의 다도회 모습을 보고 긴카 씨가 중얼거렸다.

"괜찮다면 내 차에도 어울려 주지 않겠어, 아르제?"

"어, 예. 괜찮아요."

과자를 끝내면 바로 자버릴 생각이었는데, 크롬이 있는 힘껏 가슴을 주무르는 바람에 잠기운이 좀 깨버렸다.

새로 티 세트를 준비하며 나는 다크 엘프 여성에게 앉으세요, 라고 말을 건넸다.

225 영웅 씨의 이야기

"크롬은 못 알아차린 것 같지만, 사실은 상당한 숫자의 사람들이 그녀의 취미를 알고 있어."

"뭐, 그렇겠죠."

이만큼 주방에 달콤한 냄새가 감돌고 있다.

정리한대도 알아차릴 테고, 애당초 반란군의 인원수도 상당하다. 주방이 공용인 이상, 아무도 알아차리지 못할 리는 없을 터.

"역시 크롬, 조금 붕 떠 있나요?"

"뭐, 조금. 저주의 바람 크롬이라면 원래 유명한…… 그것도 나쁜 의미로 이름이 알려진 인간이야."

"떳떳하지 못한 일로, 말인가요."

"그래. 그래서 조금 멀찍이서…… 아니, 그게 아니겠네."

꺼내려던 말을, 긴카 씨는 고개를 내저어 부정했다.

금색 눈동자에 깃들어 있는 감정은 복잡했지만 크롬을 걱정하고 있다는 것만큼은 알 수 있었다.

실제로 그녀는 몇 번이나 크롬에게 가볍게 이야기를 건네고 다도회에 초대하기도 했으니까. 항상 쌀쌀맞게 뿌리치지만 그럼에도 몇 번이나 이야기를 건네는 것은 크롬을 걱정하기 때문이겠지.

"다들 이미 그녀를 인정하고 있어. 어떤 이유로 찾아왔을지라도 여기, 반란군이라는 장소에서 그녀가 맡고 있는 역할과 실적이 얼마나 큰지는 다들 이해하고 있어."

"……그런 모양이네요."

크롬의 실력은 의심할 여지가 없고, 그 힘을 계속 발휘했다면 틀림없이 실적이 쌓였을 테지.

그녀는 어디까지나 나를 쫓아서 제국으로 흘러들었지만, 반란군에 몸을 맡긴 경위는 나와는 관계가 없다. 그러니까 크롬이 스스로 생각하고 선택했음은 틀림없었다.

어떤 이유가 있었을지라도 크롬이 이제껏 한 일들은 크롬의 실적이다.

"다만…… 그녀가 다가오질 않으니까 주위에서도 다가갈 타이밍을 알 수가 없겠지."

"뭐, 처음 어울리기는 어려울 것 같네요…… 금세 화를 내고."

"아니, 평소에는 조금 더 차분하다고 할까…… 크롬이 그렇게까지 감정을 드러내는 건 너뿐이야. 나한테도 조금은 드러냈다지만 너 정도는 아니야."

"어, 그런가요?"

"깨닫지 못했나……. 크롬은 주위에서는 한 걸음 물러나서 어울리는 타입이야. 너무 물러나 있으니까 주위에서도 필요 이상으로는 다가갈 수 없는 인종이지."

내게는 표정이 풍부하고 예술적으로 열을 내주는 크롬인데 주위에는 그렇지도 않나보다.

틀림없이 지나치게 주위에 위협적인 태도니까 거리를 두는 것뿐이라고 생각했는데. 말하자면 맹수를 보는 것 같은 느낌으로.

놀라는 나를 보고 긴카 씨는 훗, 웃는다.

"그러니까 조금 기쁘다는 생각도 있어. 그렇게까지 감정을 폭발시키는 크롬은, 만난 뒤로 처음 보니까."

"네에……."

"본인도 최근에는 어느 정도 마음이 없지도 않은 모양이니까, 괜찮다면 계속 어울려줘."

"뭐, 크롬이랑 대화하는 건 즐거우니까, 저라도 괜찮다면."

내 대답에 만족했는지 긴카 씨는 쿠키를 하나 들고는 아무렇게나 공중으로 던졌다.

당연하다는 듯이, 아무것도 없는 공간에서 인공 정령이 나타나서는 그것을 건져 올렸다.

물 흐르는 듯한 동작으로 쿠키를 입에 넣더니 시온 씨는 눈을 동그랗게 떴다.

"……맛있어. 정말로 요리를 잘하는군요, 크롬."

"시온 씨도 있었나요."

"있었다고 하기보다 애초에 시온은 긴카 씨랑 일심동체니까요. 일정거리 이상은 떨어지지 않고, 서로의 상황은 항상 파악하고 있어요."

둥실둥실 떠오른 시온 씨가 당연하다는 듯이 무릎에 앉자 당연하다는 듯이 긴카 씨가 그것을 받아들였다. 비취색 머리카락과 은색 머리카락의 조합은 눈부실 정도로 그림이 되었다.

"수호령……."

"아, 그래요 그래요, 그런 느낌이에요. 아침부터 밤까지, 옷 갈아입는 것부터 식사까지 바라보고 있어요!"

"……옷 갈아입는 걸 빤히 바라보는 건 조금 부끄럽기도 한데."

살짝 뺨을 붉힌 긴카 씨를 보고 시온 씨는 만면의 미소를 지었다.

"시온의 취미니까요."

"그러니까 그만할 생각은 전혀 없다는 거로군……?!"

여전히 사이가 좋은 모양이라 좋은 일이라고 생각했다.

긴카 씨는 마음을 다잡듯이 헛기침을 하더니 다시금 나를 바라봤다.

금색 눈동자는 진지하고, 다정하기는 해도 느슨하지는 않았다. 꺼낸 말도 역시나 그랬다.

"아무래도 크롬은 네가 마음에 드는 모양이야. 미워하고 있기도 할 테지만…… 복잡하겠지."

"그런 걸까요."

"그래. 그 아이는 조금 복잡하다고 할까…… 귀찮은 계열이니까. 차갑게 굴려고 하면서도 다정한데, 이쪽에서 다가가면 도망쳐 버리지. 가끔씩 집에 들어오는 고양이 같은 느낌이야."

말하고 싶은 건 어찌어찌 알 수 있었다.

이러쿵저러쿵 불평하고 금세 화를 내고 말지만, 크롬은 다정하다.

그렇지 않다면 쪼개져 버린 쿠키를 다시 만들어 주지도 않을 테고, 자기가 받거나 만든 걸 나눠주지는 않겠지.

"미움받고 있는데, 괜찮을까요?"

"그러네…… 음. 그럼 이렇게 하지."

짝, 손뼉을 친 긴카 씨의 분위기에서 귀찮음을 느낀 것은 아주 잠깐.

"차라리 서로, 한번 진심으로 싸워보도록 해."

생각했던 그대로, 명백하게 귀찮게 느껴지는 말이 날아왔다.

226 리벤지 매치

"……그래서, 왜 이렇게 됐지."

"저도 전혀 모르겠지만…… 모의전, 이라는데요?"

시끌시끌 주위가 떠들썩한 것은 반란군 멤버들의 함성이었다.

명백하게 술이니 안주니, 그런 것을 든 사람도 꽤 있어서 요전에 긴카 씨가 싸웠을 때와 비교하면 온도라고 할까, 분위기 차이가 지독했다.

……으음, 어째서 이렇게 됐을까요.

솔직히 말해서 전혀 모르겠다. 왜 싸울 필요가 있을까.

긴카 씨가 내 말을 무시하고 채비를 시작하더니, 불과 반나절로 준비가 갖추어져 버렸다. 이런 일이 되리라고는 생각조차 하지 못했다.

"하아…… 정말이지. 어차피 긴카 짓이겠지. 구경거리가 아니라고."

귀찮다는 듯이 그리 말하고 크롬은 한숨을 내쉬었다.

어쩐지 불편하다고 할까 언짢아 보이는 이유는 그다지 주목을 받고 싶지 않았기 때문일지도 모르겠다.

크롬은 자신의 아티팩트인『스며드는 음사아』를 살며시 쓰다듬고 이쪽을 봤다.

호박색 시선은 어쩐지 근심을 띠고 있어서 망설이는 듯한 분위기가 느껴졌다.

"……붙으라고 그런다면 그건 바라 마지않은 일이지만, 갑작스러워서 좀 놀랐네."

"……크롬은 역시 다시 싸우고 싶나요?"

"당연하잖아! ……뭐, 그러고 싶은 참이지만……."

크롬은 나를 흘끗 보고 또다시 크게 한숨을 흘렸다.

귀찮은 게 아니라 하고 싶지 않다는 의지가 느껴지는 태도. 꺼내는 말도 역시나였다.

"……솔직히 불편하다고 생각해."

"그런가요?"

"……패배한 건 사실이잖아. 게다가 지금은 같은 편이고, 가끔은 차를 마시기도 하는 사이야."

"뭐, 확실히 그러네요."

처음 만났을 때는 확실히 우리는 적대했지만, 지금은 같은 반란군에 몸을 두고 있었다.

필요 이상으로 친하게 지낼 필요는 없지만, 저도 모르게 엮이고 말아서, 정신이 들었더니 차를 마시는 경우도 있는 사이가 되었다.

친하다는 말과는 아직 거리가 멀다고 생각하지만, 확실히 우리는 이전보다 서로에 대해서 알게 되었다.

"이미 기회가 사라졌다고 생각했거든. 그걸 이렇게 간단히 눈앞에 들이밀면 기쁨보다도 곤혹스럽다는 심정이 더 강하다고."

"어어…… 그만둘래요?"

"……그럴 수도 없잖아."

흔들, 크롬이 몸에서 힘을 뺐다.

자세를 취했다기보다는 순간적으로 폭발시키기 위해 쓸데없는 것을 뺐다. 그렇게 느껴질 만큼 자연스럽게, 그녀는 전투태세에 들어갔다.

조금 전까지의 느슨한 분위기는 한순간에 사라지고 스멀스멀, 내 등을 쓰다듬는 것 같은 살기가 다가왔다.

"반란군에게 내가 애물단지라는 것 정도는 안다고……."

"애물단지……?"

그건 아니다. 아니라고 생각한다.

적어도 어제 긴카 씨의 말로는, 그렇지는 않았다.

반란군은 그녀의 힘을 인정하고 있지만 다가가기 어렵다고 느낀다. 그렇게 말했던 것이다.

하지만 크롬 쪽은 그렇게 생각하지 않는 모양이었다. 아니, 그렇기 때문에 필요 이상으로 주위와 친해지는 것을 피했을까.

모르겠다, 하지만 지금 크롬은 따르는 수밖에 없다는 태도를 보이며 호박색 눈동자를 찡그린다.

"긴카가 무슨 생각인지는 모르겠지만…… 이곳에 있는 이상, 힘을 보이라고 한다면 그렇게 할 뿐이야."

"크롬, 그건……."

"다른 건 이제 됐어, 싸운다면 확실히 할 생각이야……."

흔들, 흔들.

진자처럼 크롬이 흔들렸다.

완만하게, 조용하게, 어쩐지 눈을 뗄 수가 없다. 그런 움직임이

었다.

"흔들려라."

그리고 한순간에 내 목덜미로 손날을 휘둘렀다.

"윽……!"

거리를 벌리는 쪽을 선택한 것은 크롬의 속도가 전보다도 훨씬 빨랐으니까.

뒤늦게 찾아온 위기감이 한기가 되어 등을 쓰다듬었다.

땀이 등을 타고 흐르는 것을 자각하며, 나는 자세를 잡았다.

"……여전히, 짜증날 정도로 빠르네."

"크롬은 전보다도 빠르네요."

"허…… 당연하잖아."

휘두른 손날을 내리며 크롬의 시선이 나를 찌른다.

호박색 눈동자는 사납게 일그러지고, 나를 향하는 살기는 끈적거리며 휘감겨드는 것만 같았다.

과거에 네구세오와 만난 숲에서 대치했을 때보다도 훨씬 더, 지금 크롬의 기척은 날카로웠다.

크롬은 나를 쫓아서 제국으로 흘러들어 그곳에서 반란군에게 몸을 의탁하고, 틀림없이 많은 전투를 경험했다. 그때보다도 훨씬 강해졌을 테지.

흔들흔들 몸을 흔들며 크롬은 씨익 웃었다. 확실히 한다는 말 그대로, 제대로 싸울 생각인 듯했다.

"진심으로 간다고……. 죽어도 불평하면 안 된다……?"

"……누가 이기더라도 살아서, 나중에 차라도 마시죠?"

대답이 아니라 그저 손날이 날아왔다.

페르노트 씨와 긴카 씨가 싸웠을 때와 마찬가지로 개시 신호도 없이, 모의전이라는 녀석이 개시되었다.

227 긍지의 미래를

……빠르네요!

솔직한 감상은 제쳐놓고, 나는 회피를 선택했다.

빠르게 흘러가는 풍경 속에서, 크롬은 더더욱 나아갔다. 흡혈귀에 극한의 속도로 전생한 나를 바짝 뒤따른다.

"……흔들려라!!"

말과 동시에, 크롬의 모습이 흔들렸다.

과거 숲에서 본, 잔상을 남기는 움직임. 내 앞에 허상을 두고 크롬은 도약했다.

그것이 허상임을 알면서도 아주 잠깐, 상대가 늘어난 것에 당황하고 말았다.

……하지만, 본체는 위예요!

크롬의 그 기술은 과거에 한 번 봤다.

아마도 마법과 속도의 복합으로 잔상을 그 자리에 남기고 이동하는 교란 기술. 그러니까 분신이 아니라 잔상이고 본체는 하나밖에 없는 것이었다.

"윽……!"

칼은 뽑지 않고, 그저 떨어지는 상대를 향해 나는 자세를 취했다.

설령 회복 마법이 있을지라도 무슨 일이 있어서는 안 된다. 무엇보다도 장난으로 다치는 것은 피하고 싶다.

전과 똑같이 되지는 않을지도 모르지만, 어떻게든 무력화 시키기만 하면 된다. 그리 생각하며 나는 크롬이 떨어지는 것에 맞추어서――.

"죽어라!!"

――그 순간, 한기가 느껴진 것은 목덜미였다.

"크, 억……?!"

알아채고 막아낸 것이 아니라, 엉겁결에 막아냈다.

허상이라고 생각했던 쪽이 본체이고 본체라고 생각했던 쪽이 허상이었던 것이다.

크롬이 들이민 손날은 아슬아슬하게 받아 낼 수 있었다. 그건 흡혈귀의 완력으로도 밀어낼 수 없을 정도의 기세로, 확실하게 목덜미로 들이닥쳤다.

"칫…… 막았나……."

"저기, 역시 목검 같은 걸로 안 할래요?"

"마법은 확실하게 막아놓고 잘도 말하네."

크롬이 두른 바람의 공격 마법은 내 마법 내성 때문에 지워져 버렸지만 이대로는 목에 손을 대고 말 것 같았다.

숨결이 닿을 정도의 거리에서 크롬은 씨익 웃고,

"말해두겠는데, 적당히 하진 말라고? 자기 특기인 전투 방식이 아니라면…… 모의전이 안 되잖아?"

"크…… 에에잇!"

"엇차."

최대한 힘을 실어서 밀어내자 역시나 크롬이 밀려났다.

조금 전과 같은 정도로 거리를 취한 크롬의 분위기는 날카로우면서 차분했다.

끈적거리는 살기나 끈질긴 분위기는 그대로지만 명백하게 근저가 달랐다.

예전의 크롬에게 있었던 것 같은 초조함이나 고집이 완전히 사라진 것이다.

"여전히 힘도 강하네. 아아, 정말로 성가신 상대야. 예전의 내가 이길 수 없었던 것도 알겠어."

과거를 돌아보고 확인하는 것 같은 말.

큭큭, 목구멍 안쪽에서 나오는 조소는 아마도 내가 아니라 과거의 자신을 향한 것이었다.

"그래도 역시 용서할 수가 없네……. 나보다도 빠른 너는……."

"크롬……."

"여기 와서 많은 싸움을 경험했어. 속도만으로는 어쩔 수 없다는 것도 이해했어. 그래도……."

흔들, 흔들.

몸을 흔들고 크롬이 다시 힘을 뺐다.

속도를 발휘하기 위한 준비 단계. 크롬은 나를 향해 호박색 눈동자를 날카롭게 빛냈다.

"내 긍지는! 거기에 있다고!!"

누구보다도 빠른 것을 앞세우며, 그녀는 순간적으로 가속했다.

폭발적인 속도. 소리는『스며드는 음사아』로 지웠다.

바람 소리도 발소리도 없이, 그저 순수한 살의와 농밀한 피 냄새가 들이닥쳤다.

"넘기라고 하지는 않아! 빼앗아간다, 그것뿐이야!!"

"크……!"

더 이상 적당히 해서 이길 상대가 아니었다. 생각을 달리 하면서도, 일단 방어를 위해 움직였다.

연속으로 휘두르는 손날에, 발차기와 다리후리기까지 섞여들었다.

속도에만 의지한 일격필살이 아니라 속도를 활용하여 자신의 몸을 휘두르는 공격.

일격으로 처리할 수 있다는 기대는 하지 않고 그저 상대의 숨통이 끊어질 때까지 공격을 멈추지 않는다. 그런 의지가 느껴질 만큼 크롬의 공격은 맹렬했다.

……모의전 수준이 아니에요!

전날 페르노트 씨와 긴카 씨의 모의전이 그랬고, 크롬의 분위기에서 이렇게 되리라고 생각은 했지만, 설마 이렇게까지 그녀가 절차탁마했을 줄은 몰랐다.

손날을 쳐내고 발차기를 피하고 다리후리기를 흘려보냈다. 집중한 시야 안에서조차 지금 그녀의 움직임은 눈으로 따라가기 곤란했다.

"이렇게까지 몰아붙이나요……?"

"놓치지 않겠다고 결심했어! 으랴으랴으랴으랴!!"

아직 체술이 몸에 붙지 않았는지, 거친 모습이 엿보였다.

하지만 명백하게 전처럼 기술 없이 속도에만 의지한 움직임은 아니었다. 방심했다가는 내 손을 붙잡고서 깔아 눕히거나 던지려고 할 정도였다.

맨손으로 상대하는 것은 솔직히 어려웠다. 하지만 칼을 사용하는 것은 피하고 싶었다.

망설인 끝에 나는 하나의 선택을 했다.

"읏…… 에잇!!"

한 번 크게 거리를 벌리기 위해서, 물러나는 게 아니라 앞으로 내디뎠다.

공격이 온다고 생각했을 테지. 자세를 잡은 상대 옆을 지나서 나는 한순간에 가속.

소리를 뿌리칠 정도의 속도로 거리를 만들고 빙글 발길을 돌리자 상대는 당황한 기색도 없었다.

"……쪼르르 움직이지 말라고. 나를 보는 상대도 언제나 이런 느낌이었을지 모르겠네."

"음…… 블러드 암즈, 『사슬』."

손끝을 깨물고 흐른 혈액을 변화시켰다.

무수히 많은 사슬이 기어가듯이 움직여 주위에 정원을 만들었다.

"호오…… 스스로 이렇게나 복잡하게 만들어 버려도 될까?"

"예, 괜찮아요."

오히려 평지 쪽이 더 어려웠다.

크롬은 계속 밀어붙이는데, 나는 그렇게까지 살의를 가지고서 상대할 수가 없었다. 그렇다면 조금이라도 엄폐물이 필요했다.

아주 조금이라도 틈이 생긴다면 거기서부터 무너뜨릴 수 있다.

"후우……."

머리 위까지 뻗은 무수한 사슬은 마치 일그러진 바구니 같았다.

호흡을 가다듬어 쓸데없는 힘을 빼고 나는 다시 자세를 취했다.

"……상대하는 이유는 알았고 크롬이 전보다 훨씬 강해졌다는 것도 알겠어요."

명백하게, 과거에 싸웠을 때와는 격이 달랐다. 다른 사람이라고 해도 될 정도였다.

능력만이 아니라 기술까지 가다듬고, 어리숙한 부분을 버린 끝에 크롬은 더욱 강해졌다.

"그렇지? 자, 조금은 진심을 발휘하라고."

"……어디까지나 모의전이니까 칼은 안 뽑을게요."

"……얕보는 거야?"

"아뇨. 더없이 진지해요."

크롬이 미간을 찡그리고 나를 응시했다.

바보 취급하는 것이 아니었다. 그녀의 각오나 긍지를 이해하지 못하는 것도 아니었다.

"……이건, 제 투정이니까요."

긍지라는 말은 어울리지 않는다.

이건 어디까지나 내 투정이다. 내가 그러고 싶지 않은, 크롬을 상처 입히고 싶지 않다는, 그것뿐.

어설픈 것일지도 모르고, 바보 취급을 당한다고 여겨도 어쩔 수 없지만, 그럼에도 나는 그러고 싶다.

"전력으로, 죽이러 갈게."

"전력으로, 끝을 내겠어요."

필드를 준비하여 복잡한 움직임이 가능해진 것은 양쪽 다 마찬가지였다.

재개의 신호는 필요 없이, 그저 서로가 서로의 목적을 이루기 위해서 움직였다.

228 진심을 부딪친다는 것

터져 나오는 함성은 어쩐지 멀게 느껴졌다.

애당초 우리 싸움을 눈으로 좇고 있는 사람은 적겠지. 양쪽 모두 고속이라 평범한 사람이라면 제대로 보는 것도 불가능할 만큼 우리는 격렬하게 움직이고 있었다.

보인다고 한다면 우리 동료와 긴카 씨 일행, 일부 숙련자 정도일 터.

그러니까 들리는 목소리는 '뭔지 잘 모르겠지만 소리쳐두자'라는 느낌으로, 어찌 본다면 구경거리가 된 것이나 마찬가지였다.

"간다……!"

크롬은 둘러쳐진 사슬을 박차고 뛰듯이 이동했다.

물론 그 사슬은 내가 만들어 낸 것이니까 그것으로 휘감는 방법도 생각했지만 그만뒀다.

……아무리 그래도 너무 빨라요.

블러드 암즈로 만든 무장의 원격 조작은 그렇게 빠르지 않다.

허를 찌른다면 모를까, 상대는 망설임도 방심도 완전히 버린 상태. 붙잡는 건 힘들겠지.

오히려 사슬 조작에 정신이 팔려서 이쪽의 움직임이 거칠어져 버린다. 이런 속도에서 틈을 드러내 버리면, 그 순간을 놓칠 크롬이 아니겠지.

"읏……!"

그러니까 선택할 것은 나 역시도 가속이다.

사슬을 박차고 도약하여 서로가 이동했다. 엇갈릴 때마다 크롬이 손날을 휘두르고 나는 그것을 방어했다.

……승리의 길은 둘, 이겠네요.

크롬을 지치게 만들어서 포기를 받아내든지, 내 쪽에서 제압하든지.

지금 크롬은 이렇게 공격으로 나서지만, 언제까지고 계속 움직일 수는 없겠지.

반면에 나는 흡혈귀라서 체력은 많고, 회복 마법을 이용해서 억지로 부활하는 방법도 있다. 시간이 걸릴 테니까 귀찮지만, 천천히 기다려도 되는 것이다. 지쳤을 무렵에 제압하러 나서도 되고.

"밤피르! 너, 촐랑촐랑 도망칠 거지!!"

"그러려고 이렇게 깔아뒀으니까요……!"

"농담이 아니라고! 절대로 놓치지 않을 테니까!!"

"으으, 빈유가 들이닥쳐……!"

"죽인다!!"

어, 안 되지. 그만 화나게 만들어 버렸다.

얼굴을 새빨갛게 물들이고서 더욱 속도를 올리는 크롬을 보고 역시나 이건 실수했다고 생각했다.

속도를 더욱 올려서 이제는 인간의 한계를 가볍게 넘어선 것은 아닌가 생각할 정도였다. 그러면서도 예전 이상으로 기술이 섞여 있는 몸놀림으로 그녀가 내게 들이닥쳤다.

틀림없이 내게 져서 정말로 분했던 거겠지.

그렇기에 이제까지 자신이 고집하던 속도만이 아니라 다른 움직임도 배운 것이었다.

내게 그런 건 없다. 쿠온 가문에 있었을 때도, 원하는 결과를 얻을 수 없었을 때에 나는 분하다고 생각하지 않았다. 그저 조금 미안하다는 심정이 있었을 뿐.

속도 극한의 스테이터스도 전생했을 때에 희망하여 받은 것으로, 특별히 다리가 빠른 것에 감정이 있는 것도 아니었다. 그저 귀찮은 일이 있다면 빨리 끝내고서 냉큼 자고 싶다, 그것뿐이었다.

"……대충 하지 마라, 인가."

재빠른 움직임으로 가해지는 공격을 방어해 나가며 나는 크롬의 진지한 눈빛을 보았다..

호박색 눈동자에는 명확한 살의와, 나를 쓰러뜨린다는 의지가 있었다.

……진심이다.

어디까지고 그녀는 진지하게, 나와 결판을 내기 위해서 움직이고 있었다.

이길 수 없다는 생각은 전혀 하지 않으며, 사납게 손날을 휘두르고 들이닥친다.

그건 도전하는 쪽의 눈빛이었다. 그런데도 내게 오라고 부르는 것처럼도 여겨졌다.

"……알겠어요, 크롬."

칼을 뽑지 않는다는 선택을 한 것은 나 자신의 투정이다.

크롬은 내 무르기 짝이없는 투정에도, 진심으로 내게 덤벼 들었다.

그렇다면 내가 해야 할 일은 자신의 투정을, 그녀의 긍지와 마주하는 것이겠지.

"갈게요."

말을 꺼내고 나니 신기하게도 몸에 들어가 있던 힘이 빠졌다. 그저 도망치고 소극적으로 방어하던 시간보다도 훨씬 사고가 정리되고 시야도 트였다.

상대가 지칠 때까지 기다리는 것이 아니라 바싹 뒤따르는 상대와 마주하기 위해 나는 사슬을 박찼다.

"앗하…… 와줘서 기쁘다고, 밤피르!!"

"크롬이 도망치지 말라고 그랬잖아요."

"그렇지! 그러니까 나도, 도망치지 않는다고!!"

제압하기 위해서 뻗은 손을 크롬이 재빨리 쳐냈다.

서로가 공중에 있다는 사실 따윈 잊은 것처럼 우리는 뒤엉켰다.

도망치는 쪽과 쫓는 쪽이 아니라 서로에게 맞부딪치며, 우리는 몇 번이고 엇갈리며 공격과 응수를 나눴다.

상대의 공격은 모두 급소를 노리고 내 공격은 모두 무력화를 노렸다.

"허, 정말로 무르구나, 너는! 그래서야 수도에 갈 수 있겠어?!"

"……가서, 물어봐야만 하는 게 있으니까요."

"물어보는 것만으로 끝날 리가, 없잖아!!"

당연한 소리였기에, 새삼스레 놀라지 않고 붙잡으러 나섰다.

제국 수도로 가면 틀림없이 전투가 벌어진다. 그런 건 알고 있다.

그럼에도 나는 쓸데없는 살생을 거듭할 생각은 없고, 수도에 다다를 생각이었다.

……저 자신도 이걸 넘어서야 한다는 건가요.

전날의, 페르노트 씨와 긴카 씨의 모의전을 떠올렸다.

그때『흑요』가 된 두 사람은 '넘어서라'라고 했다.

"……긴카 씨는 거기까지 생각했던 걸지도 모르겠네요."

딱히 크롬의 울분을 풀어주는 것만이 아니라 나 자신에게도 묻고 싶었던 걸지도 모른다.

이만큼 명확한 살의를 보고서도 앞으로 나아갈 수 있겠느냐고.

"……그렇게 간단히, 대답이 나올 거라 생각하지는 않아요."

나는 페르노트 씨나 아오바 씨처럼 확고한 의지 따윈 가지고 있지 않다.

목적은 그저 두리뭉실하고, 의견은 흐리멍덩하고, 그저 낮잠자기를 바랄 뿐인 게으름뱅이 흡혈귀.

제국 수도로 가려고 하는 것도 결국에는 자기만족, 어디까지나 자신밖에 생각하지는 않는다.

……그래도, 말이죠.

지금 크롬을 상처 입히고 싶지 않다는 마음은 진짜다.

두리뭉실하고, 조금도 확고하지 않고, 그저 망설임에 불과할 뿐이지만.

그렇기에 내 안에 있는, 몇 없는 진정한 마음에 거짓을 하고 싶지는 않았다.

"긍지라고 부를 수 있을 정도는 아니지만…… 양보하고 싶지 않은 게 있어요!!"

"와라!! 그게…… 내가 가장 바랐던 일이야!!"

몇 번이나 공중에서 교차하고, 맞부딪치고, 또 떨어졌다.

그저 서로를 응시한 채, 고속의 세계에서 대결을 거듭했다.

이미 소음 따윈 귀에 들어오지 않았다. 그저 상대의 진지한 표정을 받아들이고 나는 더더욱 가속을 붙였다.

치트 능력으로서 극한의 속도를 받은 내게 들이닥칠 정도의 속도. 그리고 크롬은 그 차이를 메우기 위한 기술과 판단을 익혔다.

마구잡이로 휘두르는 것이 아니라 온몸을 써가며 공격을 가하고, 이쪽이 붙잡기 위해서 손을 뻗으면 뿌리치고 도망치기까지 했다.

"기쁘구나……!"

떨리는 것처럼 울리는 목소리는 환희로 가득했다.

크롬의 웃음은 사납고, 하지만 전처럼 나를 바보 취급하는 분위기는 없었다.

둘러친 사슬을 누비듯이 질주하며 크롬은 외쳤다.

"어떤 이유라 하더라도, 네가 제대로 나를 봤어……. 이제야 마주 보는구나, 밤피르!!"

"……마주해야 한다고 생각했으니까요!!"

"……너도 전과는 달라졌구나."

입으로 꺼내고서야, 스스로 자각할 수 있었다.

……확실히 예전의 나라면 그런 생각은 안 했어요.

과거의 나였다면 누군가의 진심을 마주하는 일은 없었을 테지.

그럴 생각이 들었다는 것은 내 안에서 변화가 있었다는 의미였다.

하지만 그 깨달음이 한창 고속의 흐름 가운데 찾아온 것이 치명적인 틈을 낳았다.

문득 깨달았을 때에는 이미 늦어서, 크롬이 내 목에 손을 대고 있었다.

"억, 윽……?!"

"……붙—잡—았—다—."

눈앞에 있는 호박색 눈동자가 히죽 일그러졌다.

으득, 실리는 힘은 강했지만 부러뜨리는 게 아니라 조이는 것이었다.

"간신히…… 간신히 붙잡았다고! 밤피르!"

"크, 아…… 아아아아!!"

포박당하자 역시나 위험을 느꼈다.

진심으로 죽일 생각이 없다는 건 알지만 이래서는 지고 만다.

지면 끝낼 수 있다지만 괴로운 건 싫다.

단순한 위기감이 나를 움직였다.

"뭐야……."

상대의 구속을 스르륵 빠져나갈 수 있었던 것은 그림자화 스킬을 사용했기 때문이었다.

사슬 무리가 만들어 낸 무수한 그림자를 이동해서 나는 그 자리를 벗어났다.

또다시 모습을 드러내자 상대는 나를 날카롭게 노려본다.

"……그런 곡예도 가능했나."

"예. 그때는 보여주지 않았지만요."

"보여주지 않아도 충분했다는 소리겠지. 정말…… 기쁘네……. 좀 더 진심을 끌어내 주고 싶어지잖아."

"지금 그걸로 충분히 진심이었는데요……."

크롬은 사슬 위에 재주 좋게 타서는 흔들흔들 몸을 움직이기 시작했다.

독특한 움직임은 몇 번을 봐도 빈틈투성이처럼 보이는데, 나를 바라보는 금색 눈동자에 깃든 살기가 그것을 허락하지 않았다.

"지금 그걸로, 붙잡아도 도망칠 수 있다는 건 알았어……. 이번에는 일격으로 의식을 빼앗아 주마……."

이 공방으로 끝난다. 그것을 예상할 수 있는 말을 꺼내고, 크롬의 흔들림이 더욱 커졌다.

"……알겠어요."

처음에 스스로 결정했던 것처럼 칼을 빼지 않고 나는 그저 자세를 취했다.

……진심이네요.

지금부터 크롬의 진짜 전력이 온다.

이제까지도 전력이었을 테지. 하지만 내가 그림자화라는 비장의 카드를 드러낸 탓인지, 이번에는 크롬이 비장의 카드를 꺼내 들었다.

"흔들려라——……!!"

무거운 말을 꺼내어 울리는 것과 동시에 크롬이 늘어났다.

평소의 환영처럼 하나가 아니었다. 셀 수 없을 정도로 많은 크롬이 여기저기에 출현했다.

"이건……?!"

"전력의 속도와 전력의 환술…… 아주 잠깐뿐이지만, 충분해!!"

완성도가 나쁜 거미줄처럼 무질서하게 뻗은 사슬의 무리를 무수한 크롬이 동시에 박찼다.

동시다발적인 초고속 공격은 눈으로 모두 좇을 수가 없었다.

쿠즈하의 미수 분신처럼 전부 진짜는 아니지만, 그것들은 모두 크롬이 기술과 속도, 그리고 마법의 병용으로 만든 것이었다.

"……바람 씨, 부탁해요."

그렇기에 내게 가능한 전력으로 응해야 한다고 생각했다.

내 투정은 그녀의 긍지보다도 훨씬 가벼운 것이겠지.

속도라는 자랑을 내세워 계속 싸움 속에서 살았던 그녀와 달리, 내 투정은 그저 지금 그러고 싶지 않다는 것뿐이었다.

하지만 아무리 얕은 각오라도, 진심으로 그리 생각하는 것만은 사실이었다.

"와앗……?!"

마법으로 만들어 낸 것은 그저 단순한 맞바람이었다.

이 장소는 무수한 사슬이 둘러쳐진 공중. 이동하기 위해서는 박차거나 철봉이라도 하듯이 움직여서 도약할 수밖에 없었다.

"큭, 윽…… 이건……?!"

아무리 공중에서 움직임을 취할 수 있을지라도 맞바람과 맞닥

뜨리면 속도는 떨어진다.

생각했던 그대로, 크롬의 분신이 명백하게 줄어들었다. 유지할 수 없는 분신이 사라지며 절반 이하가 된 것이다.

"갈게요."

그리고 자세가 무너졌다면 내가 움직일 절호의 기회였다.

내가 만들어 낸 사슬은 자유자재로 움직일 수 있다. 속도는 그리 빠르진 않지만 지금의 크롬이라면 충분했다.

원격 조작을 통해서 사슬은 수가 줄어든 크롬 무리를 덮쳤다.

"크으으…… 이, 게……!!"

맞바람에, 덮쳐드는 사슬.

역시나 더는 분신을 유지할 수 없었을 테지. 크롬이 만들어 낸 환영은 모두 사라지고 본체가 모습을 드러냈다.

그 한순간을 놓치지 않고 나는 그녀에게 접근하여 포획했다.

"자, 붙잡았어요."

"큭……."

팔에 닿은 순간에 크롬이 힘을 뺐다.

의외일 만큼 간단히 포기하는 크롬을 상대로 나는 의구심으로 말을 꺼냈다.

"……왜 그러나요, 크롬. 포기해 주나요?"

"……아무리 그래도 지금 그건 지치니까 말이야. 두 번은 못 하거든."

상대가 완전히 전투태세를 푼 것을 확인하고 나는 블러드 암즈를 해제했다.

발밑의 감각이 둥실, 사라지고 우리는 지면으로 낙하했다. 서로 도움은 필요 없이 그저 내려섰다.

예민해진 신경을 가라앉히자 환호성이 터지는 것을 깨달았다.

"……이렇게나 시끄러웠네."

"다들, 크롬을 응원했어요."

"그저 떠들어 대고 싶었을 뿐이잖아……. 하아아……."

바보 소동은 끝이다, 그리 말하고 싶다는 듯이 자못 나른하게.

풀썩, 크롬은 그 자리에 드러누웠다.

229 한숨 돌린 뒤

"하아, 이렇게나 지친 건 오랜만이야……."

하늘을 올려다보는 크롬의 표정에 분노나 증오는 없었다.

어쩐지 상쾌해 보이는 표정으로 그녀는 내게 시선을 던졌다.

"어때. 전보다도 훨씬 빨라졌지?"

"……그러네요. 솔직히 장소를 갖추지 않았다면 위험했을 거라 생각해요."

처음으로 싸웠을 때처럼 지상이었다면 아직 크롬에게 승산이 있었다. 그만큼 그녀는 예전 이상으로 버거워졌다.

블러드 암즈로 정제한 사슬이라는 장소에서 공중전이 아니었다면 정말로 위험했을 테지. 오히려 그 상황에서 허를 찔렀다고는 해도 내 목에 손을 댔던 것이다.

"……싸우는 와중에, 알았어."

"뭘 말인가요?"

"나는, 보고 싶었던 거야."

영차, 라는 말과 함께 크롬은 일어났다.

"뒷세계 용병 일을 시작하고 유명해져서…… 옛날에 고아였던 무렵처럼 나를 무시하는 녀석은 없어졌어. 하지만…… 너는 나를 간단히 앞질러 놓고, 나를 봐 주지 않았어."

"아……."

"그게 참을 수 없이 분했거든……. 간신히, 시원해졌어."

저런 맑은 미소는 처음 보는 것 같다.

……상처받았다, 그런 이야기군요.

싸운 이상, 그것은 어쩔 수 없는 일일지도 모른다. 애당초 그때 습격한 것은 그녀 쪽이다.

그래도 내가 너무나도 그녀를 소홀하게 취급해 버렸기에 필요 이상으로 그녀를 상처 입혔을지도 모른다.

"크롬……."

"미안해요, 같은 소리는 말라고."

꺼내려던 말을 먼저 막아 버려서 나는 입을 다물었다.

상대는 이미 만족스러운 얼굴로, 불쾌하다는 분위기는 없었다.

크롬은 호박색 눈을 가늘게 뜨고서 그저 웃었다.

"못 이긴 건 분하지만 대충 상대하는 것도 짜증났거든. 그러니까 이걸로 됐어."

"……알겠어요."

상대가 그렇게까지 말한다면 내가 할 말은 사라져 버렸다.

짓밟고 만 것은 사실이다. 하지만 이미 그 사실을 크롬은 스스로 납득하고 결말을 냈다.

그렇다면 내가 할 수 있는 일은 역시나 조금 전처럼 제대로 싸우는 것이었을 테지.

"……그보다도."

"후에?"

일어선 크롬이 내 손을 잡았다.

무슨 일일까 싶었던 것은 한순간. 눈을 깜박이기 전에 내 시야는 회전했다.

"흐냐……?!"

"조금만 어울려줘, 밤피르!!"

풍경이 도는 이유는 크롬이 나를 끌어안고 낚아채듯이 도약했기 때문이었다.

"크, 크롬……?!"

"조금 시끄러우니까 벗어나자고! 혀 깨물지 말고!!"

그런 말 안 해도, 역시나 이야기하는 건 무서웠다.

직접 달리는 것보다는 늦지만, 안긴 상태에서 흘러가는 풍경이라는 것은 스스로 달리는 것과는 또 달랐다.

계속해서 가속이 붙어서, 풍경이 휙휙 지나갔다. 집중했다면 모를까, 지금의 나로서는 조금 무서웠다.

"걱정하지 마! 주위가 조금 시끄러우니까 유괴하는 것뿐이야!"

"유……?!"

어째서 그렇게 됐지.

영문을 모르는 사이에도 풍경은 계속 흘러갔다.

이미 반란군 기지에서는 멀리 벗어나 버렸다.

……으음, 아직 뭔가 화가 났다든지 그럴까요?

다시 생각해보면 짚이는 것들밖에 없었다.

만날 때마다 그만 놀리고 말았다. 주로 가슴 이야기로.

승부 이야기는 깨끗이 끝난 모양이지만 그 이외로는 또 다르다고 생각해도 이상하지는 않았다.

"영차…… 여기까지 오면 되겠지."

"저기, 여기는……."

"나도 잘 몰라. 적당히 벗어났을 뿐이니까."

내려놓았기에 주위를 차분하게 둘러보니 숲이었다.

나무들의 이파리가 머리 위에서 흔들리고 사이로 햇살이 비쳐 들었다. 녹음의 냄새는 부드러워서 낮잠을 잔다면 기분 좋을 것 같았다.

"……어쩐지 처음 만났을 때가 떠오르네요."

"으응? 아, 그러고 보니 이런 숲이었던가……."

생각한 것을 입에 담아봤더니 크롬은 납득한 듯 주위를 둘러봤다.

한바탕 주위를 보고 그녀는 다시 나를 봤다. 호박색 눈에는 이미 불쾌한 느낌은 없었다.

크롬은 내 쪽으로 걸어와서는 꾹, 옷을 잡아당겨 자기 목덜미를 노출시켰다.

날씬한 목덜미는 과거에 깨문 적이 있는 녀석이라, 이상하게 그때를 떠올리고 말았다.

망설이는 사이에 상대 쪽에서 말이 날아왔다.

"음."

"저, 기, 그게……."

"음!"

"어어……."

"……전에도 이런 대화를 했잖아."

하아, 한숨을 내쉬고 크롬은 내 손을 잡았다.

"빨라고 그러는 거야."

"……그런 약속은, 안 했던 것 같은데요."

"전에 싸웠을 때, 그랬잖아. 흡혈귀니까 빨지 않으면 죽을 텐데. 됐으니까 빨라고."

퉁명스럽게, 하지만 확실하게 입에 담아서 나는 어찌어찌 이해했다.

"……혹시 다른 사람들이 있는 곳에서 벗어난 건."

"남들 앞에서 피를 빨리는 건 아무리 그대로 부끄럽잖아."

"……틀림없이, 가슴에 대해서 잔뜩 놀렸으니까 화가 나서 잔소리를 할 거라 생각했어요."

"너 역시 일부러 그랬구나?! 그렇지?! 나중에 후려칠 테니까 기억해 두라고?!"

지금이 아니구나, 그런 생각을 하는데 그녀가 내 머리를 꾹 끌어당겼다.

그렇게 끌어당긴 곳은 목덜미로 어렴풋한 땀의 향기가 났다. 당연한가, 그만큼 뛰어다녔으니까.

"……돼, 됐으니까, 빨라고. 나도 부끄럽단 말이야."

"아…… 으……."

꿀꺽, 목이 울린 것은 전에 흡혈했을 때를 떠올렸으니까.

그녀의 피 맛은 이미 알고 있었다.

그래서 이렇게 눈앞에 이다지도 맛있어 보이는 목을 내밀면 떠오르고 만다. 원하게 된다.

송곳니가 욱신거렸다. 그녀의 새하얀 목에 송곳니를 박고 싶어서 참을 수 없었다.

“아, 음…….”

침이 흘러나와버릴 것만 같아서, 급히 입을 벌린 나는 크롬의 목에 이빨을 박았다.

230 있을 곳이라

"음, 앗……."

우리 말고는 아무도 없는 숲속에서 습기 어린 비명이 울렸다.

귓가에 떨어진 목소리는 크롬의 것이라 나는 조금 당황했다.

"돼, 됐으니까, 마음대로 하라고…… 으핫?! 그렇다고 갑자기, 냐아아아……."

허락을 받자마자 나는 망설임을 내던졌다.

……맛있어, 맛있다고.

상처에서 넘치는 혈액은 기억에 있는 것보다도 훨씬 달고, 끈적끈적하고, 머리 안까지 녹아버릴 것만 같이 맛있었다.

틀림없이 크롬의 마력이 전보다도 훨씬 강해졌다, 그런 의미겠지.

"음, 푸아, 쪼오오오옥……."

"크, 하, 아아……."

"하음…… 크롬…… 응, 쪼오옥……."

체온의 온기를 느끼며 혈액을 목구멍 안쪽으로 흘려 넘겼다.

뱃속으로 떨어진 혈액의 달콤함이 터지며 온몸으로 퍼져서 부르르 떨었다.

"하아……, 맛있어……."

"음, 크으으……."

크롬은 이따금 괴로워하는 목소리를 흘렸지만 내게 꼭 매달리

듯이 몸을 기댔다.

상관없다고 하는 것 같아서 나는 그녀의 목에 더욱 깊이 송곳니를 박고 예의 없는 소리를 내며 피를 빨았다.

어느샌가 내 쪽도 그녀의 몸을 끌어안고서 찰싹 밀착했다.

마주 안는 것 같은 형태로 우리는 흡혈이라는 행위에 몰두했다.

"후, 아……."

"아……. 미안해요, 크롬."

목소리가 약해진 것을 듣고 나는 간신히 상대의 상태를 깨달았다.

"아픈 거 아픈 거 날아가라."

회복 마법을 사용해서 목의 상처를 깔끔하게 지워버렸다. 조혈을 돕는 작용도 있으니까 잠시 있으면 빈혈도 낫겠지.

"괜찮나요, 크롬."

"……멀쩡해. 전 같은 추태는 안 보인다고."

"추태……?"

"아, 아무것도 아니야! 바보!!"

"아얏."

얻어맞았다. 그러고 보니 아까, 나중에 때린다고 그랬던가.

얼얼한 머리를 문지르며 상대를 보니 크롬은 한숨을 내쉬면서도 기분 나쁘다는 표정은 아니었다.

어이없다는 분위기였지만, 호박색 눈동자는 다정하게 빛나는 게, 화가 나지는 않은 모양이었다.

"……네게는 어엿하게 있을 곳이 있으니까, 소중히 하라고."

"……제 일행 말인가요."

"그래. 제대로 흡혈할 거라면 그렇게 해. 부탁한대도 그 녀석들은 화 안 낼 거 아냐."

"……혹시 걱정해 준 건가요?"

"……흥."

아무래도 내가 그다지 흡혈을 하지 않는다는 걸 알아차렸나 보다.

크롬은 퉁명스럽게 콧김을 내뿜고 고개를 홱 돌려버렸다.

휘잉, 높은 소리가 귀에 닿은 것은 그때였다.

"……크롬도, 좋은 장소에 있다고 생각해요."

"허…… 우와."

나무들의 가지를 부러뜨리며 검은 천사가 착지했다.

머리 쪽에서 반짝이던 금색이 안광처럼 빛나더니 이쪽을 포착했다.

"기, 긴카……?"

"미니 시온도 있어요!"

"크롬, 찾았다고."

"어, 어째서……."

"갑자기 나갔잖아. 걱정은 한다고."

놀란 표정인 크롬을 상대로 자못 당연하다는 듯이 긴카 씨는 말을 꺼냈다.

내미는 손길에는 망설임이 없이 그저 그녀의 손을 붙잡았다.

"……돌아가자, 크롬. 다른 사람들도 찾고 있으니까 너무 걱정 끼치지 말라고."

"……다른 사람들도?"

"당연하잖아. 크롬은 우리 동료니까."

"……동료, 인가."

그 단어를 입 안에서 굴리듯이 크롬은 중얼거렸다.

"? 왜 그래?"

"됐어. 아무것도 아니야. ……자, 가자고, 밤피르."

"예, 알겠어요."

어쩐지 상쾌해진 표정인 크롬이 손을 내밀었다.

닿은 손길은 조금 차갑고, 하지만 싫지는 않았다.

"……돌아갈 곳이라니, 내가 있을 곳이 생겼다고 생각하진 않았어."

"뭐라고 그랬나, 크롬?"

"흥. 아무것도 아니야. 냉큼 돌아가서 밥이라도 먹자고."

음색은 기분이 나쁜 것처럼 들렸지만 그녀의 표정은 불쾌하지 않았다.

『흑요』를 입은 긴카 씨는 의아하다는 듯 고개를 갸웃거리면서도 계속 따지지는 않고,

"뭐, 과거 일이 시원하게 해소되었다면 충분하겠지. 앞으로의 이야기도 하고 싶으니까."

"앞으로?"

"그래. ……수도를 함락시키기 위한 이야기를 말이야."

231 대답을 찾으러

"……대략 개요를 설명하자면 말이죠, 우선 반란군 및 협력자들이 각지에서 동시에 궐기할게요."

"사냥개나 흡혈귀 부대는 몰라도 평범한 병사들은 그걸 진압하러 나서게 되겠지."

"……그래서, 그 혼란을 틈타서 우리는 수도로 들어가는 거로군?"

"그래. 그리고 그 정보는 이미 공화국에 있는 지인에게 전해뒀어. 결행 타이밍도 말이야. 잘하면 공화국도 협력해 주겠지."

긴카 씨의 지인이란 사츠키 씨겠지.

한바탕 설명을 마친 참에, 시온 씨가 어쩐지 먼 곳을 바라보는 것 같은 눈빛으로 말했다.

"간신히, 싸움도 끝날 것 같네요."

"……너, 진다는 생각은 전혀 없구나."

"총력전이니까요. 이러고도 함락시키지 못한다면 끝, 함락시켜도 끝이에요. 그렇다면……."

"함락시켰을 때를 생각하는 편이 건전하네."

"예, 역시 페르노트 씨. 잘 아시네요."

싱긋 웃고 시온 씨가 마무리한 타이밍에 스윽, 손이 올라왔다.

모두의 시선이 모인 것은 갈색 다크 엘프, 리셀 씨였다. 그녀는 보라색 눈동자로 주위를 둘러보고 시선이 자신에게 향한 것을 확인한 다음에 입을 열었다.

"저기…… 이야기는, 자료를 읽어보니 알겠어요. 하지만 어떻게 수도로 들어가나요? 역시나 힘들지 않을까요……?"

"어떻게 수도로 들어가는지를 걱정하는 모양인데요?"

해석하자 긴카 씨는 조용히 고개를 끄덕였다.

"확실히, 아무리 허술하다고는 해도 간단히 들어갈 수는 없겠지. 그러니까 그 부분에서는 책략을 하나, 생각하고 있어."

"제가! 변장 도구를 만드는 거예요—!!"

기다렸다는 듯이 손을 든 것은 내 친구인 쿠즈하였다.

"변장 도구라니 혹시……."

"예, 요전의 그거예요!"

흥분한 모습으로 쿠즈하가 꺼낸 것은, 그녀가 만든 제국의 병사용 군복이었다.

그녀의 재봉 기술로 재현된 그 옷의 완성도는 높아서 진짜 군복이라고 그래도 전혀 의심할 여지가 없었다.

"솔직히 취미로 만들었지만, 긴카 씨가 좋은 생각이 떠오른 모양이라……. 지금, 분신들이 서둘러서 만들고 있는 참인 거예요."

"……저기, 리셀 씨. 변장해서 잠입한다고 할까, 안으로 들어간다고 하네요."

"그렇군요……. 그런 이야기라면 알겠어요."

납득했는지 리셀 씨는 정중하게 꾸벅, 인사를 했다.

그녀에게도 동포를 구하기 위한 싸움이다. 작전 내용은 걱정된다는 의미겠지.

"활동을 끝내고 보급을 위해 돌아온 척을 해서 수도로 들어간다. 아르제, 쿠즈하는 아무래도 어린아이로 보일 테니까 부대 안에 잘 숨겨서 잠입할 거야. 안으로 잘 들어갈 수 있다면 수도 각지에서 동시에 전장을 펼치겠어."

"일단은 각자 행동을 하게 된다는 거군요."

"조합은 우리 쪽에서 결정해 둘까 생각하는데…… 다른 의견은?"

"저는 아르제 씨랑 같이 가는 게 좋은데요……."

"아, 그렇다면 나도 그러고 싶어."

"저도 그런 거예요! 친구인 걸요!"

"으음…… 잘 모르겠지만, 손을 들어야 할 때일까요……?"

"너희들, 소풍 가는 게 아니라고……."

영문을 모르고서 손을 드는 리셀 씨는 몰라도, 다른 사람들은 조금 과도하다고 생각했다.

크롬 쪽을 흘끗 봤더니 그녀는 어째선지 자기 손을 꽉 누르고 있는 듯했다.

"왜 그러나요, 크롬. 손이 아픈가요?"

"아, 아니야! 신경 쓰지 말라고!!"

어째선지 얼굴을 새빨갛게 물들이는데, 뭔가 화나게 만들어 버렸을까.

"……수습이 안 될 것 같으니까 조합은 이쪽에서 정하지."

최종적으로 긴카 씨가 그렇게 결론을 짓고, 시끄러워지려던 회의는 수습되었다.

……제국, 인가요.

막 전생했을 무렵에는 그런 생각은 없었는데 어느샌가 전생에 휘말려 들고 말았다. 그것도 자기가 나서서, 말이다.

하지만 물어봐야만 하는 것이 있다. 나는 이미 쿠온의 인간이 아니지만, 그래도.

"……제가 잘못하고 있는 걸까요."

"? 왜 그러나요, 아르제 씨."

"어, 아뇨. 아무것도 아니에요, 쿠즈하."

"…………."

"……? 쿠즈하?"

"……아무것도 아니에요."

어쩐지 꽁한 모습으로 쿠즈하는 고개를 홱 돌려버렸다.

역시나 아무것도 아니다, 라는 말이 사실이 아니라는 건 알아차렸을 테지. 알고는 있지만 나는 그것을 추궁하진 않았다.

……말려들게 만들고 싶진 않아요.

다른 사람들은 내가 이 세계에 온 뒤로 생긴 지인이다.

전생하기 전의 나와 관련된 일에 그녀들을 끌어들일 생각은 없다.

이렇게 함께 여행을 해주고 따라주는 시점에서 이미 차고 넘칠 만큼 말려들고 만 것이다.

이 이상, 내 투정이라는 무거운 짐을 모두가 짊어지게 만들 수는 없다.

"……아르제 씨, 너무 애를 쓰진 마세요."

"예. 알고 있어요, 아오바 씨."

걱정해 주는 아오바 씨의 말을 어쩐지 멀게 느끼며 나는 그렇게 대답했다.

232 아득한 영원에 있는 것

"……쿠온의 이름을 아는 자가 나왔다, 인가."

솔직히 말해서 그것은 예상한 일이었다.

전생의 조건은 '원래 있던 세계와 영혼의 질이 맞지 않는다'.

내가 있던 세계는 쿠온이라는 가문이 세계의 모든 것을 장악하고 있었다.

그 세계에서는 쿠온이 수장이고, 쿠온 이외의 생물은 착취당하는 쪽이다.

그런 세계였기에 억압당하는 인간은 많았다. 포기한 인간도 많지만 죽기 직전까지 쿠온에 대한 분노를, 세계의 슬픔을 끌어안은 사람도 무수히 많았다.

일그러진 세계. 그렇다면 전생자가 태어날 가능성은 차고 넘친다. 그러니까 나는 처음부터 이렇게 될 것은 예상하고 있었다. 어떤 의미로는 완전히 예정된 일이었다.

"……본래라면 그 카운터로 준비해 놓았던 게 있었지만, 어쩔 수 없네."

전생자를 죽이기 위해서 만든 『흑요』는 완전히 실패작이었다. 설마 그렇게까지 사고가 꽃밭으로 가버릴 줄은 몰랐다.

역시 병기에게 의지는 필요 없다. 그 생각을 확신으로 만들기에 좋은 모델 케이스는 되었지만, 애석하게도 무장을 과하게 밀어넣었던 점이 안 좋게 돌아왔다.

덕분에 그것이 반란군으로 넘어간 지금, 쓸데없는 고전을 강요받고 있었다.

"하지만 반란군은 최근에, 명백하게 움직임이 물러."

불과 얼마 전에 이쪽에서 벌인 일이 있다.

전쟁이 끝나지 않을 정도의 전쟁. 확실하게 상대를 멸망시키기 위한 준비 기간. 나는 왕국을 상대로 그 의사를 드러냈다.

반란군에는 내가, 쿠로가네 쿠온이 만든 병기가 있다. 이제까지 반란군이 유용하게 사용하던 그것의 모습을 최근에는 거의 보지 못했다.

"……그렇다면 비장의 카드를 슬슬 투입하겠지."

반란군의 핵심, 『흑요』라는 비장의 카드를 전장에 투입한다.

그건 다시 말해 그들이 수도로 쳐들어온다는 의미다. 숫자도 질도 열세인 반란군이 사용할 수 있는 수단이라면 그것밖에 없다.

결전 병기, 『흑요』를 핵심으로 둔 일점돌파를 통한 수도 함락. 그 외의 시나리오는 없다.

"……후후."

부글부글, 그런 물소리를 확인하듯이 나는 챔버 표면을 쓰다듬었다.

투명한 액체에 잠긴 갑옷의 색깔은 선명할 정도의 빨강. 피 색깔처럼 지독히 화사했다.

"좋아. 좋은 병기가 완성되었어."

이 병기는 시체의 산을 얼마나 쌓을까.

죽인 숫자가 나의 증명이 된다. 황제님의 꿈에 주춧돌이 된다.

"시험하게 해달라고, 어디까지고."

그것이 가능한 세계를 나는 바랐다.

그렇기에 나는 그 세계에 어울리지 못했다.

나는 쿠온으로 태어나서는 안 됐다.

그러니 이곳이다. 이 세계에서, 나는 쿠온으로서 새로이 태어난다.

이곳이 나의 전장. 꿈을 이루는 장소. 바라던 세계.

"쿠온을 알고 있는 자가 온다면, 그것도 괜찮겠지. 내가 이 세계에서, 쿠온으로서 살고 있는지를…… 마음껏 보여주겠어."

자신의 가치를 확정하기 위해 나는 조작 패널로 손을 뻗었다.

새로운 병기는, 이제 곧 완성된다.

단편 1　용병 씨의 오후 휴식

"……있잖아. 나는 애 보는 담당이 아니라고."

"그런 소리 말고, 크롬. 반란군에는 고아도 많아. 또래 아이가 상대해 준다면 정말 고맙거든."

"나는! 어른이라고! 말했잖아!!"

항의하자 긴카는 은색 머리카락을 흔들며 나를 봤다.

만났을 무렵에는 밤피르와 같은 은색이 거슬린다고 생각했던 상대는 한숨과 함께 고개를 내저었다.

"그러네, 크롬은 어른이야. 색기가 풀풀 풍겨."

"지금 가슴 보고 적당히 대답했지? 나도 안다고, 그런 거……."

이 녀석, 죽여 버릴까. 그리 생각했지만 그건 그것대로 어려운 일이었다.

눈앞의 상대는 공화국에서 이름난 일족 출신이다. 미야마 가문은, 가문에서 인정할 정도의 무훈을 거두지 않으면 그 이름을 사용하는 것조차 허락되지 않는다.

그녀가 긴카 미야마라는 이름을 사용하는 게 허락되었다는 사실 자체가, 그녀가 강하다는 증명이었다. 소문으로는 이름을 사용하려면 혼자서 드래곤 정도는 쓰러뜨려야만 한다나.

"……말해두겠는데, 나는 아이는 안 돌보니까. 그런 거 계약에는 없었잖아."

그런 긴카가 지금 부탁하는 것은 아이를 돌보는 일이었다.

반란군에는 갈 곳을 잃은 아이나 반란군 구성원의 아이들도 많았다. 그런 아이들을 상대하라는 것이었다.

"애당초 애들은 적당히 놀라고 그러면 충분하잖아."

"그럴 수도 없지. 아이들도 어엿한 반란군의 일원이야. 이곳에 있는 시점에서 제국에게는 죽여야 할 존재가 되어버려."

"그렇다면 그 녀석들이 알아듣게 잘 이야기하라고. 지금은 바쁘다고."

수도를 함락시키기 위한 준비 기간. 현재는 전쟁의 준비가 한창 진행되는 중이었다.

설령 어린아이라고 해도 그런 상황을 분별할 수는 있을 거라 생각한다.

"그건 그렇지만, 그렇다고 해서 언제까지고 가둬두는 건 정신건강에 해롭잖아. 기호품도 별로 안 들어오니까 아이들이 지루해하고 있어."

"……이해는 하겠는데, 거기에 나는 부적격이잖아."

내 일은 용병이다.

그것도 떳떳하지 못한 쪽으로, 셀 수 없을 만큼 손을 더럽힌 인간이다.

그런 녀석이 아이들을 돌본다니, 가능할 리가 없다.

전날, 밤피르와 모의전을 치른 뒤로는 전보다도 반란군 녀석들이 나를 상대하게 되었고 그걸 싫다고는 생각하지 않지만, 그건 그거고 이건 이거다. 어른이라면 모를까 내게 애들한테 갈 자격이 있을 리가 없다.

"난 말이야, 존재 자체가 애들의 교육에 나쁠 텐데."

"뭐, 그런 말 하지 마, 크롬. 딱히 혼자서 하라는 건 아니잖아."

"뭐……?"

그러니까 누군가와 함께 아이들을 돌보라는 소린가. 그거야말로 하기 싫다.

노골적으로 싫다는 표정을 띠자 둥실 나타나는 그림자가 있었다.

긴카가 입는 아티팩트『흑요』에 있는 인공 정령, 시온이었다.

"자자, 크롬. 어차피 오늘은 한가하잖아요? 수도를 함락시킬 계획은 세워졌지만 결행은 조금 더 있어야 하고……. 그렇다면 잠시 휴식하는 셈치고 아이들과 놀아보는 건 어때요?"

"……애들이 울어도 불평하지 말라고."

무슨 생각인지는 모르겠지만 이렇게나 끈질기게 매달리니 거절하는 것도 귀찮을 것 같다.

떨떠름하다는 느낌으로 고개를 끄덕이자 시온은 얼굴이 환하게 밝아졌다.

"잘됐다. 그럼 도와줄 사람은 불러뒀으니까 저쪽으로 가세요."

"……그걸 보면, 결국에는 내가 받아들인다는 전제였군?"

찌릿 노려보자 긴카와 시온은 미소 그대로 내게서 떨어졌다. 정말로 저 바보 커플, 한 번 싸대기를 날려줄까.

그렇지만 받아들이고 말았으니 어쩔 수 없다. 생각을 바꾸고, 나는 시온이 가리킨 쪽으로 걸어갔다.

……애들이랑 논다니, 뭘 하면 되는데.

철이라는 게 막 들었을 때, 나는 이미 고아였다. 그것도 반란군처럼 몸을 의지할 곳도 없이 뒷골목에 사는 더러운 고아였다.

필요한 것은 놀이가 아니라 물과 음식, 침상, 그 이상을 바라지는 못했다. 그렇다고 자신의 몸을 모르는 남자에게 내주지도 못했기에, 나는 죽이고 원하는 것을 빼앗는 방법을 선택했다.

그것이 올바른 일인가, 그건 아무래도 상관없다. 그저 나는 살기 위해 그렇게 했을 뿐인 이야기다.

하지만 그 결과로 나는 오락이라는 것을 거의 모른다.

거리를 걸어가며 술래잡기나 공놀이를 즐기는 아이들을 보기는 했어도 내가 한 적은 없는 것이다.

“아아—, 정말이지. 여차하면 도와준다는 사람한테 전부 떠넘겨야지…….”

두덜대며 걸어가자 아이들이 들판을 기운차게 뛰어다니는 모습이 보였다. 숫자는 보아하니 열다섯 정도일까.

저렇게까지 기운차게 놀고 있다면 굳이 내가 상대해 줄 필요도 없지 않을까. 그런 생각을 하는 사이, 아는 얼굴을 발견했다.

“자— 붙잡아 버리겠어요—.”

“우와— 도망쳐—! 피를 빨린다—!!”

“핫핫핫, 피를 빨아 버려도 되나요—? 진심으로 해버릴까—.”

“꺄—! 언니 무서워—! 꺄하하하하!!”

시끌벅적 뛰어다니는 아이들 사이에 섞여서, 조금 연상 정도로 보이는 녀석이 술래잡기의 술래 역할을 하고 있었다. 연극 같은 동작으로, 일부러 아이들의 흥분을 북돋우는 것 같았다.

그 모습은 은발에, 어찌 봐도 잘 아는 얼굴에.

무엇보다도 저 녀석이 그런 일을 하고 있다는 사실이 내게는 놀라웠다.

"바…… 밤피르……?"

"기다려—…… 아, 크롬."

상대의 이름을 부르자 밤피르는 걸음을 멈추고 나를 불렀다.

밤피르의 움직임이 멈추자 뛰어다니던 아이들도 멈췄다. 흥미진진한 모습인 아이들에게 그녀는 진정시킨다는 느낌으로 손을 흔들며,

"다들, 잠깐만 기다려주세요. ……혹시 크롬도 긴카 씨랑 시온 씨한테 부탁을 받았나요?"

"……그렇다면 네가 도와준다는 사람인가?"

"아, 그런 식으로 이야기했군요……."

내 말을 듣고 상대는 납득한 모양이었다.

밤피르는 잠시 생각하는 모습을 보이더니 아이들에게 천천히 미소를 지었다.

"여러분, 지금부터 저 누나를 붙잡은 아이한테 오늘의 간식을 두 배로 줄게요."

"뭐라고?!"

갑작스러운 일에 놀란 다음 순간에는, 아이들의 시선이 전부 이쪽으로 향하고 있었다.

순진하고 때 없는 눈동자. 그것이 점점 미소로 바뀌어 갔다.

""""간식이다—!!!""""

"누가 간식이냐?!"

"크롬, 저는 갓 구운 쿠키가 좋아요."

"뭘 너까지 은근슬쩍 끼는 거냐아아아아?!"

너까지 끼면 진심으로 도망치지 않고서는 붙잡히잖아!!

살짝 열이 오른 상태가 되어 나는 허둥지둥 뛰어갔다.

그 뒤로는 그다지 잘 기억이 안 난다. 뭐라고 할까, 어쨌든 뛰어다니고 마구 소리친 기억이 있다.

어느샌가 해는 기울었는데, 그래도 아이들은 기운찼다.

이윽고 해가 저물기 시작해서야 간신히 해산하게 되었다. 고아도 있고 부모가 있는 아이도 있어서 각자가 각자의 장소로 돌아갔다.

"으…… 하아아아, 피곤해……."

"아이들의 체력은 끝이 없으니까요……."

서로 누가 먼저라고 할 것도 없이 풀밭에 앉았다.

용병 일로 몸은 단련했다고 생각했는데, 체력의 한계였다.

옆의 상대를 보니 이미 앉기는커녕 누워있다.

"아—, 정말로 귀찮아요……. 오늘은 아직 열 시간밖에 안 잤는데……."

"충분을 넘어서 그건 너무 자는 거잖아……."

딴죽을 걸었더니 상대는 진지한 표정이다.

"세상에, 아직 목표치에 스무 시간도 더 부족한데……?"

"너 혹시 바보냐? 그렇지?"

이 녀석 정말로 바보구나.

진심으로 그리 생각하고 한숨을 내쉬자 피로감이 빠져나갔다.

지쳐 있는데도 어째선지 상쾌한 기분이었다. 긴카랑 시온이 무슨 생각인지는 모르겠지만 나쁘지는 않다고 여길 정도로는.

"그건 그렇고 너, 아이들도 상대할 줄 아는구나. 그렇게나 즐거워 보이는 표정으로."

"으음…… 친척이 조금 많았던…… 게 아니라, 그런 기회가 가끔씩 있어서."

"흐응……?"

잘은 모르겠지만 저런 표정도 지을 수 있나.

명백하게 꾸며낸 미소라는 건 알지만, 저렇게 웃을 수 있다면 평소에 좀 더 웃으면 귀여울 텐데.

"……? 크롬, 빤히 바라보는데, 제 얼굴에 뭐 묻었나요?"

"어, 앗…… 그, 그러네, 눈이랑 귀랑 입이랑 코랑, 그리고 눈썹이 묻었을까."

"아하하, 그게 뭔가요."

그만 얼버무리는 것 같은 말을 꺼내었더니 상대는 얼굴이 풀어졌다.

자연스럽게 흘러나왔다는 것을 알 수 있는 미소는, 시선을 확 끌어들일 만큼 가련했다.

"……하아, 정말이지. 너는 잘 알 수가 없는 녀석이야."

"그럴까요……?"

"……따라와. 쿠키 만들어 줄 테니까."

"어, 괜찮아요?"

“네가 말을 꺼냈잖아. 정말이지, 가차 없이 쫓아기는…….”

정말로 무슨 생각을 하는지 모르겠고, 자기도 빈유인 주제에 금세 나를 놀려대고, 항상 내가 만든 과자는 빈틈없이 받아먹고, 귀찮은 녀석이다.

하지만 어째선지 나쁘게 생각되지는 않았다. 그만큼 분노를, 어쩌면 증오심마저 품고 있었을 텐데도.

건넨 손을 상대가 순순히 붙잡는 것이, 어째선지 신기하게 마음을 따듯하게 했다.

감정의 정체는 모르겠지만 그래도.

과거에 싸웠을 때보다도 훨씬훨씬, 기분이 좋았다.

단편 2 공주님과 왕자님

"긴카 씨—!"

아침부터 기운차게, 사랑하는 사람의 이불로 다이빙했다.

나 시온은 인공 정령으로서 부유 능력을 지녔으니까 본래라면 계속 떠 있는 상태에서 그녀에게 말을 건네는 것은 간단했다.

"으윽…… 어, 좋은 아침이야, 시온."

"으읏……!"

하지만 그만 이렇게 아침부터 긴카 씨의 품에 뛰어드는 것을 그만둘 수가 없었다. 그게 말이지, 이렇게나 가까이서 막 깨어난 얼굴을 즐길 수 있으니까.

……오늘도 긴카 씨는 엄청엄청 멋져!

매끄러운 갈색 피부에 그것을 장식하듯이 자란 은색 머리카락.

금색 눈동자는 내 얼굴을 단단히 바라보고 있어서 이미 그것만으로 마음이 녹아버릴 것 같았다.

하프 엘프 특유의 긴 귀를 파닥파닥 흔드는 모습은 기분이 좋다는 증거로, 그것만으로 긴카 씨가 좋아한다는 마음이 전해지고 만다.

여성다운 큰 유방을 가졌으면서도 닿은 몸은 탄탄하게 단련되어 있어서 남성적으로도 느껴졌다.

틀림없이 여자이지만 나의 왕자님이다.

"긴카 씨…… 쪽."

참지 못하고 입술을 가져다 대자 당연하다는 듯이 받아주었다.

그것만이 아니라 긴카 씨 쪽에서 몇 번이고 계속 입맞춤을 해주고, 그때마다 사랑이 넘쳐서 참을 수가 없게 되어 버린다.

덮치는 쪽이었을 터인 나는 어느샌가 침대에 깔려 있고, 온몸으로 입맞춤이 떨어졌다.

"응, 아…… 저, 정말, 안 돼요, 긴카 씨. 그렇게나 키스를 받으면, 시온, 정신이 나가버려요."

"그러네……. 아쉽지만 일은 산더미야. 그만 일어나자."

"에헤헤…… 예. 모든 게 끝나면 매일 아침 시온이랑 알콩달콩하며, 멋진 신혼 생활을 보내자고요?"

"매력적인 제안이야."

작별의 인사를 하듯이 이마에 입맞춤을 받고 나는 일단 긴카 씨에게서 떨어지기로 했다.

스르륵 품에서 빠져나오는 것을 아쉽다고 생각하며 평소처럼 떠올랐다.

"아침 식사는 이미 만들었으니까 언제든지 낼 수 있어요. 긴카 씨가 정말 좋아하는 생선구이를 준비했어요!"

"고마워. 시온은 정말로 좋은 아내가 되겠는데."

"아이 참, 긴카 씨도 분명 세계에서 가장 멋진 서방님이 될 거예요……."

"시온……."

"긴카 씨……."

"아침부터 설탕을 양산하려는 참에 미안한데, 잠깐 괜찮을까?"

"우왁."

깜짝 놀라서 떠 있는데도 더욱 뛰어오르고 말았다.

돌아보니 자못 불편하다는 느낌의 표정인 크롬이 이쪽을 보고 있었다.

"……일단 아침식사부터 하고나서도 괜찮으니까, 창고 쪽으로 와. 비축분이 조금 줄어들었다고 하니까, 그에 대해서 회의를 하고 싶다는데."

"으음—…… 아, 알겠어요, 크롬."

"미안해, 크롬. 바로 갈게."

"천천히 먹고 와도 된다고……. 하지만 너무 알콩달콩 하느라 늦지는 마. 다들 기다리니까."

소리도 없이 나타난 그녀는 역시 소리를 내지 않고 방에서 나갔다.

"아하하……. 소리를 내지 않고 오니까 그만 깜짝 놀라 버렸어요, 긴카 씨."

"용병으로서의 버릇이겠지. 기척은 느꼈지만 설마 말을 건넬 줄은 몰랐어."

"본다는 건 알고 있었나요……."

"조금만 못 본 척하고 기다리지 않을까 했지."

천연덕스러운 얼굴로 말하고는, 긴카 씨는 침대에서 내려와서 옷을 갈아입기 시작했다.

그것을 바라보고 싶다는 마음을 일단 내려놓고 나는 서둘러 식사 준비에 착수했다.

그래봐야 이미 만들어 둔 만큼 잠이 깨도록 따듯한 차를 준비하는 정도지만.

""잘 먹겠습니다.""

양손을 맞대고 깊이 인사를 하는 것은 긴카 씨의 고향인 공화국식 예법이라나.

쫙 편 등줄기를 깊이 숙이고, 그리고 긴카 씨는 생선구이에 젓가락을 댔다. 나도 그를 본받아 제대로 인사를 했다.

"아아……."

"왜 그래, 시온?"

"아, 아무것도 아니에요."

이제는 손가락 움직임 하나조차 푹 빠져든다.

내가 생각해도 홀딱 반해서, 크롬의 말이 없었다면 아직도 더 더욱 사랑을 확인하고 싶어 참을 수가 없었을 테지.

인공 정령으로서 태어난 내게는 심장 따윈 없을 텐데 가슴이 아플 정도로 괴롭고, 그것이 싫지 않아서 참을 수가 없을 지경이었다.

"다만, 그러네요……. 빨리 싸움을 끝내고 긴카 씨의 고향에 가보고 싶다고 생각했어요."

"그러네. 나도 시온을 데리고 돌아가는 게 기대 돼."

나는 연구소에서 태어났고 개발자인 아버님에게 필요 없다는 낙인을 찍혔다.

감정을, 마음을 프로그래밍한 것은 아버님인데 최종적으로 감정은 필요 없다는 결론에 반항한 결과, 폐기 처분당해 버렸다.

그때 씩씩하게 나타나서 마치 왕자님처럼 나를 데리고 나와 준 것이 긴카 씨였다.

이 사람과 함께라면 잘못되었다고 생각한 것을 이번에야말로 막을 수 있다.

"……고마워요, 긴카 씨."

"괜찮아. 나의 공주님을 위해서라면 나의 모든 것을 바치더라도 후회는 없어. 아니, 바치지 않는다면 후회하고 말겠지."

"후후후, 입가에 밥풀을 묻히고 그런 말을 하는 긴카 씨도 멋져요."

"음, 어…… 미, 미안해."

사과하지 않아도 괜찮다는 마음이 전해지도록.

나는 몸을 내밀어 긴카 씨의 입가를 키스로 훔쳤다.

"자, 빨리 밥 먹어요. 느긋한 시간을 위해서 해야 할 일을 마쳐야죠."

"그러네. ……언젠가 너와 그저 아침을 기다릴 뿐인 생활을 하고 싶어."

"……시온도, 같은 마음이에요."

가슴 안쪽이 무척 따듯했다. 이 편안함이 어디가 필요 없다는 걸까.

잘못 따윈 무엇 하나 없다. 이 사랑만으로 어떠한 고난이라도 뛰어넘을 수 있다는 생각조차 들었다.

그러니까 반드시, 나는 아버님을 막아내야만 한다.

마음이 얼마나 멋진 것인지, 사랑이 무엇을 낳는지.

병기 따위가 아니라 이 세계에 태어나서 소중한 사람을 발견한 한 사람의 공주님으로서.

나는 그것을 증명하는 것이다.

"정말 좋아해요, 긴카 씨."

"그래. 나도 네가 정말 좋아."

아아, 정말로.

이 편안함은, 반드시 필요하다.

후기

안녕하세요, 초킨교。입니다. 처음 뵙는 분은 처음 뵙겠습니다. 오랜만이신 분은 오랜만입니다.

이 후기를 적고 있는 무렵은 생일이 가까워서, 저는 아내의 생일상을 기대하며 유유히 이 후기를 쓰고 있습니다.

『전생 흡혈귀 씨는 낮잠을 자고 싶어』도 벌써 7권! 참으로 재수가 좋은 숫자네요.

본편은 적잖이 불온하지만, 여기까지 계속할 수 있었던 것은 여러분 덕분입니다. 감사합니다.

또 같은 달에 3권이 발매되는 만화판도 이제까지 순조롭게 팔려서, 데뷔작을 이렇게까지 소중하게 대해주시는 행복으로 머리가 절로 숙여집니다. 만화는 9월 12일 발매이오니 이 책을 들어주실 무렵에는 이미 나와 있습니다. 아직 안 보신 분께서는 꼭 체크해주셨으면 합니다.(일본 발매 당시입니다)

자, 이번에도 후기부터 읽는 사람을 위해서 내용을 건드리지 않고 이야기하자면, 페르노트 씨가 옷을 갈아입거나 아르제가 옷을 갈아입습니다. 그리고 오랜만에 나오는 그 아이도 앞치마를 입습니다. 옷만 갈아입는 거냐.

이번 이야기는 전 권에서 이어지고 다음 권에서 끝나는, 3부작 느낌으로 생각하고 있습니다. 극장판 같아……!

그래요. 끝입니다. 전생 흡혈귀 씨의 여행은 슬슬 끝을 맞이합니다.

아르제의 이것저것에 대해 대답이 나올 때가, 1권부터 쌓아온 이것저것이 간신히 결실을 맞이하려 합니다.

혹시 괜찮으시다면, 여기까지 읽어주신 여러분께서 마지막까지 어울려 주신다면 기쁘겠습니다.

자기 안에서 대답을 찾아내고, 안심하고 눈을 감을 수 있는 날을 향해서.

아르제의 여행은 조금 더 이어집니다.

자, 이번에도 감사를.

이번에도 멋진 일러스트를 그려주신 일러스트레이터 47AgDragon 선생님. 최근에 다른 일도 함께 하게 되었는데, 항상 굉장한 도움을 주셔서 감사합니다.

항상 저를 위해서 분주하게 일해주시는 편집 I 씨. 여기까지 올 수 있었던 것으로 발굴해주신 은혜를 갚을 수 있다면 좋겠다고 생각합니다. 감사합니다.

시루도라 씨와는 다른 매력으로 전생 흡혈귀 씨의 세계를 그려주시는 사쿠라 선생님. 원작자이지만 항상 연재를 기대하고 있습니다. 감사합니다.

그리고 언제나 저를 지탱해 주는 가족들. 여전히 시간을 만들어 주어서 정말 고맙습니다. 느릿느릿하지만, 여기까지 올 수 있었습니다.

마지막으로, 이 책을 읽어주신 독자 여러분께 깊은 감사를. 조금만 더 어울려주신다면 기쁘겠습니다.

그럼 반드시 또, 다음 권에서 만나죠!

태풍이 지나간 뒤의 여름 하늘을 올려다보며 초킨교。

후기

안녕하세요, 47AgDragon입니다.

빠르게도 마침내 7권입니다. 쩔어—!!

그만 진심 모드인 아르제를 그리고

말았습니다. (*`ω´*)

크롬의 뒤에서 이것을 피워 올릴까

생각하기도 했습니다만, 진심도가 너무 지나쳐서

무리였으니까 이걸로.

이것 참, 만화판의 데포르메 아르제를

한 번 그려보고 싶다고 생각했는데

간신히 염원이 이루어졌습니다!!

표지는 드디어 페르노트 씨입니다. 인간 표지다!!

애당초 평범할 것 같지만 평범하지 않다, 그렇게

입으면 화려한 느낌으로 하자! 라며 디자인했습니다.

아, 입는다고 그러니까 긴카 씨의 드래곤폼 신경

쓰이죠! 그렇죠!

틀림없이 사랑의 페어로 두 번째 폼, 그리고 궁극 형태

같은 게 된 다음의 러브러브 천경 어쩌고!!

갈색 피부도 보충할 수 있어서 멋져!!

그래요!! 사람은 살기 위해 갈색 피부라는 영양분이

필요합니다!! 우오! 봐라!! 나는 어른이라고!!

아아아 갈색 히로인 만세!! 우오오오오오

2018. 9. 15 47AgDragon

전생 흡혈귀 씨는 낮잠을 자고 싶어 7

2023년 2월 15일 1판 1쇄 발행

저　　자 초킨교。
일러스트 47AgDragon
옮 긴 이 손종근
발 행 인 유재옥
본 부 장 조병권
담당편집 정지원
편 집 1 팀 김준균 김혜연
편 집 2 팀 정영길 조찬희 박치우 정지원
편 집 3 팀 오준영 이해빈 이소의
편 집 4 팀 전태영 박소연
디 자 인 김보라 박민솔
라 이 츠 김정미 맹미영 이승희 이윤서
디 지 털 박상섭 김지연
발 행 처 (주)소미미디어
등　　록 제2015-000008호
주　　소 서울시 마포구 토정로 222, 403호(신수동, 한국출판콘텐츠센터)
판　　매 ㈜소미미디어
제 작 처 코리아피앤피
영　　업 박종욱
마 케 팅 한민지 최원석 최정연
물　　류 허석용 백철기
전　　화 편집부 (070)4164-3962, 3963 기획실 (02)567-3388
판매 및 마케팅 (070)4165-6888 Fax (02)322-7665

ISBN 979-11-384-1585-9 (04830)
ISBN 979-11-384-1254-4 (세트)